GALERIE DES SAINTS

Publiée

SOUS LA DIRECTION DE M. L'ABBÉ BERNARD,

CHANOINE D'AVIGNON,

ET SOUS LE PATRONAGE DE Mgr L'ARCHEVÊQUE D'AVIGNON.

SAINTS JEUNES GENS.

HISTOIRE

DU BIENHEUREUX

PIERRE DE LUXEMBOURG

CARDINAL-DIACRE,

COMPOSÉE SUR DES DOCUMENTS AUTHENTIQUES, ET SUIVIE D'UNE NOTICE SUR LES OEUVRES DU BIENHEUREUX ET SUR LA VIE DE LA VÉNÉRABLE JEANNE DE LUXEMBOURG, SA SOEUR;

PAR AUGUSTIN CANRON.

Vir cana morum integritate probabilis geminata laude dignus est, si illi ad venerabile mentis imperium puerile corpus obtemperet.
(*S. Ennodius. De S. Epiphan. Ticin. Episcopo.*)

CARPENTRAS.
L. DEVILLARIO, IMPRIMEUR-LIBRAIRE.

ARCHEVÊCHÉ D'AVIGNON.

Avignon, le 11 avril 1854.

A MONSIEUR L'ABBÉ BERNARD,

Chanoine de la Métropole d'Avignon.

J'ai pris connaissance, mon cher abbé, du plan de publication des *Vies des Saints* que vous m'avez soumis : j'en approuve le titre « GALERIE DES SAINTS », mais ce n'est pas assez de dire que j'en approuve le dessein : je l'encourage, je le patronne de toute mon âme, et je suis assuré que vous trouverez dans tous les vénérés prélats de France un même concours de sentiments.

A une époque où la lecture est devenue un besoin universel, il était indispensable de fournir un aliment à cette faim de livres, et, après les Saintes Écritures, nulle lecture n'est plus substantielle, plus utile, plus intéressante que celle de la vie des Saints : c'est l'Évangile en action. Vous avez conçu votre publication sous un point de vue d'à-propos qui mérite d'être signalé et qui la distingue des autres publications de ce genre, déjà souvent tentées. En divisant les *Vies des Saints* en plusieurs catégories, en appropriant à chaque classe de lecteurs, les vies des Saints, *enfants, pauvres, artisans, femmes, veuves, cultivateurs, servantes, domestiques, soldats, pénitents*, etc., vous leur donnez un attrait tout nouveau, et vous remettez en lumière des trésors ignorés.

Les travaux auxquels vous vous êtes livré pour propager les bonnes doctrines parmi le peuple ne peuvent être mieux couronnés que par cette entreprise apostolique : elle est le complément de votre mission, et je ne doute pas que vous n'y réussissiez, avec le zèle que je vous connais et le tact que vous avez de ce qui convient au temps présent

Je verrai avec plaisir que le clergé et les laïques catholiques vous secondent dans cette œuvre qui, je le sais, ne dépasse pas votre courage, mais qui excèderait les forces d'un seul.

Je félicite l'éditeur, M. Devillario, d'avoir mis ses presses et sa fortune au service d'une si belle et si méritoire entreprise. J'ai la bonne confiance qu'il trouvera, dans le succès de l'œuvre et dans la considération que ses sacrifices lui mériteront auprès du clergé et des hommes de bien, une légitime rémunération.

Recevez, mon cher abbé, l'assurance de mon affectueux dévouement.

† J.-M. Mathias,

Archevêque d'Avignon.

PRÉFACE.

La vie du Bienheureux Pierre de Luxembourg a eu un grand nombre d'historiens : on l'a écrite en français, en latin, en italien, en espagnol, en provençal ; la prose comme la poésie a été mise à contribution pour en célébrer les glorieuses phases. Aussi, en lisant le titre de notre ouvrage, plus d'un lecteur se demandera peut-être si nous n'aurions pas mieux fait de profiter du travail de nos devanciers pour le donner de nouveau au public.

Assurément notre tâche aurait été alors bien plus aisée à remplir, ou, pour mieux dire, il ne nous serait guère resté que le travail du correcteur d'épreuves et celui du metteur en pages. Cependant nous ne pouvions emprunter à un historien la relation de faits contredits par les autres historiens ; car tous ceux qui jusqu'à présent ont écrit sur notre Bienheureux n'ont pu s'accorder sur certains points essentiels, tels que la mort de ses pieux parents, ses premières années, son administration de l'évêché de Metz, et autres faits semblables. La plupart, sans parler des invraisemblances et des exagérations dont ils ont rempli leur récit, ont noyé la narration des faits dans une masse de réflexions, de considérations souvent oiseuses, et se sont bien des fois perdus dans des recherches et des détails historiques qui n'ont point trait à la vie du Bienheureux.

Pour connaître l'exacte vérité et pour savoir positivement à quoi nous en tenir sur les faits, nous avons dû recourir aux Bollandistes. Nous aurions voulu traduire les pages qu'ils consacrent à la mémoire du jeune cardinal ; malheureusement les immortels hagiographes renvoient à chaque instant le lecteur au procès de canonisation qu'ils donnent en entier. Nous avons donc été contraint d'écrire nous-même cette histoire, sans aller toutefois chercher ailleurs que dans ce procès les matériaux et les renseignements qui nous étaient nécessaires.

Ce document, au reste, dont il y a dans notre ville plus de six copies authentiques, est digne de la plus grande confiance. « Il mérite une grande autorité, dit le Bollandiste Jean Pinius, à cause de ses témoins d'élite, gens dignes de foi, qui avaient juré sur les saints Evangiles de Dieu de dire la vérité pure et simple, mettant de côté la faveur, l'amour, les prières, les récompenses, l'affection et la crainte. »

Nous ne nous sommes pas néanmoins interdit de puiser ailleurs des renseignements ; c'est ainsi que souvent nous n'avons pas fait difficulté d'emprunter quelques lignes à la *Vie du Bienheureux Pierre*, par le P. Alby, surtout lorsque nous avons vu le cas que les Bollandistes faisaient de cet ouvrage, ses imperfections mises à part, bien entendu. Quelquefois aussi nous avons eu recours à la vie composée par l'abbé N. Letourneux, sur les manuscrits du célestin Bauduit : ce religieux avait écrit d'après le procès même ; seulement à certains endroits il s'était trop lancé dans des digressions tout à fait accessoires, pour ne pas dire inutiles. Nous n'avons pas non plus négligé les précieuses communications qui nous sont venues de l'évêché de Metz, et surtout de Ligny, patrie de notre Bienheureux. M. l'abbé Comus, prêtre, trésorier de l'église de cette dernière ville, non content de nous raconter les traditions de son pays sur Pierre de Luxembourg, a eu l'insigne bonté de faire copier pour nous, aux *Archives impériales*, tous les documents qui pouvaient rendre notre travail plus complet. Qu'il reçoive ici nos sincères remercîments.

Nous avons ensuite dépouillé une à une, grâce à l'obligeance de MM. Achard, archiviste de la ville d'Avignon et du département de Vaucluse, et Deloye, directeur de nos musées avignonais, les pièces qui regardent le couvent des Célestins d'Avignon, et qui sont déposées soit dans la bibliothèque publique de cette ville, soit aux archives du département de Vaucluse.

Cette histoire est donc écrite d'après tous ces documents puisés aux sources les plus authentiques, et dont plusieurs sont encore inédits. Puisse le Bienheureux avoir pour agréable ce travail que nous consacrons à sa gloire !

Avignon, premier jour du Mois de Marie, 1854.

CHAPITRE I.

Famille des Luxembourg. — Naissance du Bienheureux. — Ses pieux parents. — Ses premières années.

La famille de Luxembourg a toujours compté parmi les plus illustres et les plus anciennes de l'Europe : elle se glorifiait de descendre de la fameuse maison des comtes des Ardennes par Sigefroy Ier, qui vivait au temps du roi Lothaire, et que les chroniqueurs de l'époque appellent *duc des Saxons, palatin du Rhin, palatin de la Moselle* (1).

Cette famille étendit longtemps ses branches nombreuses et fécondes en Allemagne où elle possédait en souveraine les marquisats de Moravie, de Brandebourg et de Lusace, dans les Pays-

(1) Voyez la note A aux pièces justificatives à la fin de l'ouvrage.

Bas où elle régnait sur le Luxembourg et le Limbourg, en France où, sans parler de ses duchés-pairies, de ses comtés et de ses seigneuries importantes, elle occupait les plus hautes dignités à la cour de nos rois.

Recherchée en alliance par toutes les maisons souveraines de l'Europe, elle donna quatre empereurs et une impératrice à l'Allemagne, deux reines à la France, des rois à la Hongrie, à la Pologne, à la Bohême, des ducs à la Bavière et des comtes à la Lorraine.

Il n'y eut au moyen âge aucune guerre, aucune expédition où elle ne fût noblement représentée. Nous trouvons, en 1017, un Luxembourg tenant tête à l'empereur d'Allemagne; en 1088, Herman de Luxembourg meurt, au milieu de la mêlée, pour la défense des droits du Siége Apostolique contre les prétentions de l'empereur Henri IV; en 1109, Adalbéron de Luxembourg tombe, en courageux capitaine, au siége d'Antioche; plus tard, en 1191, sous les murs d'Ascalon, Wolmar de Luxembourg se bat comme un lion à côté de Richard, roi d'Angleterre; Henri IV, duc de Luxembourg, prend part, en 1214, à la bataille de Bouvines, et vole bientôt après à la délivrance de la Terre-Sainte, sur les pas de l'empereur Frédéric II. Nous trouvons encore, en 1227, un autre Henri de Luxembourg recevant à Saint-Jean d'Acre le titre de *Capitaine général des chrétiens*; et lorsque saint Louis va partir pour sa seconde expédition d'outre-mer, nous remarquons un troisième Henri de Luxembourg au premier rang parmi ces preux chevaliers qui se pressent sous les voûtes de la vieille basilique de Saint-Denis pour recevoir le signe des croisés. En 1288, quatre Luxembourg succombent glorieusement à l'affaire de Woring.

En même temps que le sang des Luxembourg coulait si généreusement sur tous les champs de bataille pour l'honneur et pour la Croix, d'autres membres de cette noble famille recevaient dans l'Eglise des distinctions non moins éclatantes. Ici c'est Henri, c'est Wenceslas, c'est Arnoul, c'est Adélaïde, c'est Cunégonde, dont les noms sont inscrits solennellement aux diptyques des saints; là Simon de Luxembourg-Limbourg, évêque de Liége, revêt la pourpre cardinalice; plus loin, Théodoric et Adalbéron, successivement évêques de Metz, Baudoin, archevêque de Trèves, Jean, archevêque de Mayence, Conrad, évêque de Munster, apportent aux premiers siéges de l'Allemagne la double illustration de leurs vertus et de leur science.

A la fin du XIVe siècle, cette auguste maison était encore au faîte des honneurs, lorsqu'elle eut la gloire de produire l'enfant de bénédiction qui l'a plus illustrée à lui seul que tous les héros dont elle était si fière.

Il naquit à Ligny en Barrois, ville du diocèse de Toul, le 20 juillet 1369, sous le pontificat d'Urbain V et le règne de Charles le Sage.

D'après une ancienne tradition de la ville de Ligny (1), au moment où sa mère ressentit les premières douleurs de l'enfantement, un terrible incendie éclata dans le manoir seigneurial; on fut obligé, pour la soustraire à la violence des flammes, de la transporter dans une tour séparée du château, et là, dans une chambre étroite et délabrée, elle mit au monde notre Bienheureux. Cette tour est encore debout : c'est tout ce qui reste à Ligny de l'antique demeure des Luxembourg.

Le lendemain de sa naissance, il fut présenté aux fonts baptismaux dans l'insigne collégiale de Notre-Dame (2), paroisse du château; son parrain, noble guerrier de l'évêché de Toul, et la dame de Luppy, sa marraine, lui donnèrent le nom de Pierre.

Guy de Luxembourg, son père, premier comte de Ligny et de Roussy, châtelain de Lille, était

(1) Note B aux pièces justificatives.
(2) Note C aux pièces justificatives.

cousin, au troisième degré, de Charles IV, empereur d'Allemagne, et de Jeanne, mère de Charles V, roi de France ; Mathilde ou Mahaut de Châtillon, sa mère, était fille de Hugues, comte de Champagne, et proche parente des ducs de Bourgogne.

« Heureuse couple, s'écrie un ancien biographe, heureuse couple, qui, s'accordant honorablement en humeur et en perfection de mœurs, rendoit une très douce odeur de vertu qui les fesoit singulièrement aymer au Ciel et honorer en la Terre. Monsieur le Comte en toutes ses actions estoit un vray modelle de sagesse et de piété : il vacquoit à l'Oraison vocale ou mentale la plus grand part du jour et de la nuict, assistant à la Messe chascun jour avec attention et dévotion, les deux genouz sur la terre nüe : jeusnant souvent outre les temps et les jours ordonnez par l'Eglise, et notamment le Vendredy, auquel jour il ne mangeoit chose quelconque qui eût pris vie ; d'où se peuvent aysément conjecturer les autres belles qualitez qui estoient en luy, le grand zèle qu'il avoit pour la foy, et la fidélité envers son Roy, pour lequel il demeura quelque temps ostage en Angleterre.

» Madame la Comtesse, de mesme s'accommodant au naturel et à la vie toute exemplaire de son mary, tenoit les exercices de piété pour ses plus chères grandeurs. Elle prenoit un soin très affectueux des pauvres desquels elle estoit communément appellée la mère, les sustentant, travaillant et cousant de ses propres mains leurs habits, les consolant, visitant, portant ses pieds, ses mains, son cœur là où elle pensoit pouvoir rendre service à Jésus-Christ qu'elle honnoroit caché dedans ses pauvres (1). »

Elle eut de son mariage avec le comte quatre fils : Waléran, Jean, Pierre et André, et trois filles : Marguerite, Marie et Jeanne. Elle voulut elle-même les nourrir de son propre lait, et se chargea seule de leur première. éducation

Un sentiment intérieur, dont elle ne pouvait se rendre compte, fit naître en elle une certaine prédilection pour le jeune Pierre; aussi prit-elle de lui un soin tout particulier : elle lui fit, pour ainsi dire, sucer avec le lait la dévotion et la charité. L'enfant fut si docile à sa tendre sollicitude, qu'en peu de temps on vit fleurir en lui toutes les vertus qui n'apparaissent d'ordinaire qu'avec la raison. Une telle précocité fit bientôt concevoir de lui les plus douces espérances ; mais hélas ! son père ne devait point les voir se réaliser : Dieu en avait disposé autrement. Appelé par son parent, le duc

(1) Alby S. J. *la vie du B. Pierre, cardinal de Luxembourg*, 2e édition, Avignon, Bramereau, 1651.

de Brabant, à faire partie de l'expédition du Ponthieu contre les Anglais, il tomba, couvert de blessures, à la bataille de Baeswider, le 22 août 1371 (1). La comtesse Mathilde ne lui survécut pas longtemps ; dès les premiers jours de l'année 1373, elle mourut, pleine de mérites devant le Seigneur, regrettée des siens, bénie des pauvres. Pierre avait à peine atteint sa troisième année.

Devenu orphelin, il passa avec ses frères et ses sœurs sous la tutelle de Waléran, son frère aîné. Jeanne de Luxembourg, sa tante, comtesse douairière de Saint-Pol en Artois, prit soin de son éducation ; elle le fit élever auprès d'elle par les aumôniers de son château, « qui, en lui apprenant les lettres, lui enseignoient en même temps les principes de la vie chrétienne. Ils eurent la joie de voir en leur disciple un progrès qui leur donna de grandes espérances. Ils ont attesté eux-mêmes qu'à peine pouvoit-on remarquer un seul défaut en ce bienheureux enfant, qui n'avoit rien des légèretés et des emportements de son âge. Il

(1) *Infestissimis armis concursum apud Beswilerium, inter duo celeberrima flumina, Rhenum et Mosam, tantaque nobilium cæde conflixere acies, ut stratos ex horum numero septingentos, bis mille captos percrebuerit... Occisus Guido, comes Sancti Pauli, qui cum Roberto Namurœo et Petro Barrensi a Lutzelburgio stabat.* (Christoph. Brower S. J. Annal. Trevir. lib. 17 ad XI septembr. anni 1371.)

était humble, simple, doux, sage, posé, dévot, obéissant ; et comme il avoit déjà de l'amitié pour tout le monde, il se fesoit aussi aimer d'un chacun (1). »

Comme le jeune Tobie, il fuyait les amusements de son âge. Ses plus chères délices étaient de distribuer du pain ou de l'argent aux pauvres qui assiégeaient constamment les portes du château. Sa charité ne savait rien refuser; elle le porta quelquefois jusqu'à leur donner les viandes et les mets destinés à la table de sa tante (2). Dès qu'il put connaître Dieu, son esprit et son cœur se portèrent vers cet objet infiniment aimable ; il ne cessait d'en parler, et il le faisait avec tant d'ardeur et tant de feu, qu'on l'appelait *le petit prédicateur*. C'est ainsi que l'Esprit Saint se plaisait à le prévenir de ses grâces et à l'orner des plus belles vertus.

Lorsqu'il eut accompli sa sixième année, Pierre alla passer quelque temps à Ligny, et là, comme au château de Saint-Pol, on put admirer la maturité de son intelligence et l'aimable innocence de son âme. On s'aperçut aisément qu'il commen-

(1) *La vie du B. Pierre de Luxembourg* (d'après les manuscrits du célestin Bauduit), Avignon, Domergue, 1777.

(2) Note D aux pièces justificatives.

çait déjà « à nourrir des desseins vertueux à la gloire de Dieu, au soulagement des pauvres et au salut de son prochain. Il se mit à faire le prédicateur, tâchant d'allumer le feu de dévotion dans le cœur de ses frères. Son zèle se déploya particulièrement sur sa sœur, nommée Jeanne, qui le devançoit en âge d'environ deux ans, laquelle il pressa si beau et si bien, qu'il lui persuada de quitter tous les petits ébats et amusements de jeunesse, pour se consacrer entièrement à Dieu et s'adonner sérieusement à la piété et aux saints exercices de la dévotion.... C'estoit un petit Paradis que de voir ces deux Anges enfermez dans quelque cabinet, ouvrir la fenestre, jetter leurs yeux au Ciel et leurs cœurs par les yeux, et parler à Dieu d'un langage que le Saint-Esprit leur avait appris, entrecoupé de doux et sacrez soupirs qui coup sur coup leur échappoient. Ils en vinrent mesme jusques là que de se lever souvent à la minuit et s'occuper deux heures durant à la prière et à la sainte méditation avec de doux transports qui les entretenoient tout ce temps sans ennuy (1). »

Après deux mois de séjour à Ligny, Pierre retourna au château de Saint-Pol. Sa vertueuse

(1) Alby S. J. *la Vie du B. Pierre, cardinal de Luxembourg.*

tante se flattait de le garder auprès d'elle pendant tout le temps de son éducation ; elle espérait que ses aumôniers lui feraient achever ses études. Mais le comte Waléran avait compris tout ce que promettaient déjà la raison prématurée et les progrès surprenants de son frère, et il avait résolu de l'envoyer suivre les cours de quelque université célèbre.

CHAPITRE II.

Pierre de Luxembourg à l'Université de Paris. — Il se constitue otage à Calais pour la délivrance de son frère. — Il prend la résolution d'embrasser l'état ecclésiastique. — Il est fait chanoine de Paris.

L'UNIVERSITÉ de Paris était, au XIVe siècle, l'Université la plus renommée de l'Europe: c'était, suivant l'expression d'un vieil historien, *le grand marché des arts et des sciences*. Là venaient en foule les étudiants de tous les pays. Ce concours et cette réputation décidèrent le comte Waléran à y envoyer le jeune Pierre. Vers la fin de l'année 1377, il alla le chercher au château de Saint-Pol (1) et le conduisit lui-même à Paris. Il le

(1) Nous suivons ici l'opinion de dom Calmet. Ce fameux historien de la Lorraine dit en propres termes que le Bienheureux Pierre de Luxembourg fut envoyé de Picardie à Paris pour y étudier l'Ecriture Sainte et le droit canonique.

présenta d'abord au duc de Bourbon, leur proche parent. Ce prince les reçut avec beaucoup d'amitié, et voulut même donner au Bienheureux un appartement dans son palais ; Waléran l'en remercia et le fit consentir à ce que son frère s'occupât exclusivement de ses études dans une maison particulière, loin du tumulte et de la dissipation, inséparables de la demeure des grands.

Pierre avait alors huit ans ; le comte le laissa sous le gouvernement et la conduite de deux anciens aumôniers du château de Ligny, Hugues le Chaudronier et Nicolas Claquin : c'étaient des hommes d'une sagesse et d'une expérience consommées. Par leurs soins, le bienheureux enfant fut reçu aux cours publics de l'Université ; Jean de la Marche, docteur ès lois, et le vertueux Michel Alain furent chargés par eux de diriger ses études. Une mémoire heureuse, un travail constant et éclairé, firent bientôt de leur jeune disciple un des élèves les plus distingués de l'Université. « Il fit en peu de temps de très grands avancemens aux lettres humaines ; il passa à la philosophie qui fit bravement la pointe à son esprit et luy ouvrit le jugement, pour entendre ensuite le droit canon. En tout lequel temps, bien que quantité de vertus entroient comme en concurrence pour le rendre admirable et saintement vénérable à tous les estudians, son obéissance, sa débonaireté, son zèle, sa prudence, sa pureté, sa diligence et sa dévotion singulière : toutes fois par dessus toutes, parut le mépris de soy et de l'opinion du monde, et sa simplicité éloignée d'ostentation et de faste, qui luy fesoient souvent congédier ses serviteurs qui étoient à son train pour ne paroitre quelque chose par dessus les autres (1). »

Jamais il n'eut d'attraits pour les divertissements du jeune âge ; pour lui la prière succédait à l'étude. Après de longues heures de travail, on le voyait prosterné devant une image de la Ste Vierge ; tandis que ses compagnons d'étude se livraient à leurs amusements, Pierre trouvait aux pieds des autels un délassement plus conforme a ses goûts. Souvent, d'après leur témoignage, ses gouverneurs durent recourir à leur autorité pour l'engager à donner quelques instants à un repos nécessaire.

On admirait sa soumission et son respect pour ses maîtres, sa douceur et sa déférence envers ses égaux ; plein de zèle pour ramener partout la concorde et l'union, il mérita le surnom glorieux de *pacificateur de l'Université*.

(1) Alby S. J. *Vie du B. Pierre*, déjà citée.

« Il étoit beau, mais la beauté du corps n'étoit rien en comparaison de la pureté de son âme. Sa modestie et sa pudeur charmoient tous ceux qui le voyoient. Jamais on ne lui entendit prononcer une parole déshonnête; il ne pouvoit pas même souffrir qu'on en prononçât devant lui, et l'air de son visage retenoit les plus libertins et leur ôtoit la hardiesse de dire ou de faire en sa présence quelque chose contre l'honnêteté (1). »

Le duc de Bourbon, son cousin, qui le visitait souvent, assura depuis que toutes les fois qu'il le voyait il croyait voir un ange sous les formes humaines, et qu'il se sentait alors comme porté d'une manière surnaturelle à la pratique de la vertu.

Il venait d'achever son cours de philosophie et s'adonnait, au milieu des applaudissements universels, à l'étude du droit canon, lorsqu'il fut obligé de quitter Paris. Le comte Waléran, son frère, au retour d'un pèlerinage à Notre-Dame de Boulogne en Picardie, était allé, avec sa nombreuse suite, prêter secours au grand-maître des arbalétriers de France, qui se défendait vigoureusement contre les Anglais. Emporté par son

(1) *Vie du B. Pierre*, d'après les manuscrits de Bauduit.

ardeur belliqueuse, il poursuivit, à la tête de trois cents lances, l'ennemi jusque dans son camp. Malheureusement la nuit survint, il tomba dans une embuscade, on le fit prisonnier, et on se hâta de le conduire en Angleterre où il faillit périr. A la nouvelle de ce triste événement, Pierre, n'écoutant que son amour pour son frère, courut à Calais (les Anglais étaient alors maîtres de cette place), et s'y constitua otage pendant que Waléran venait en France chercher les 120,000 livres qu'on lui demandait pour rançon. Les neuf mois que notre Bienheureux dut ainsi passer dans la captivité ne furent point perdus pour lui. « Pendant lequel temps il gaigna le cœur de tous ces estrangers, par les traits admirables de ses rares vertus, et surtout de sa modestie, qui, comme un sacré et secret aimant, attira à soy la bienveillance de ces cœurs de fer, de sorte qu'ils ne le tenoient point dans les severitez gardées à un prisonnier; ains ils le laissoient en pleine liberté d'aller partout où bon luy sembloit, se refians entièrement sur sa vertu reconnue.

» Enfin la rançon apportée (1), le Bienheureux

(1) Feller, dans son *Dictionnaire historique*, dit, en parlant du comte Waléran : « Prisonnier des Anglais, il parut à la cour de Richard II, et épousa Mathilde de Courtenai, sœur utérine de ce monarque ; il obtint ensuite sa liberté moyennant 120 mille livres de rançon, dont la moitié lui fut remise en faveur de ce mariage. »

Pierre sortit de Calais pour s'en revenir à Paris et y achever ses estudes interrompues, infiniment aise d'estre échappé à tous ces ennuis qui l'avoient travaillé tout ce temps qu'il avoit discontinué ses occupations ordinaires. Revenu qu'il fut, il renouvella avec ses estudes ses ferveurs, voire il les augmenta, entreprenant au surplus de grandes et dures mortifications pour matter et captiver son tendre corps, l'exposant à la rigueur des disciplines, des haires, des cilices, des jeûnes, et à toutes les autres espèces de macérations et d'austeritez,... auxquels exercices il eut commis de grands excez, s'il n'eut esté redressé par la sage conduite et les bons advis d'un grand serviteur de Dieu (1). »

Ce grand serviteur de Dieu était Philippe de Maizières (2), ancien chancelier du royaume de

(1) Alby S. J. *Vie du B. Pierre,* déjà citée.

(2) Philippe de Maizières ou Mésières naquit dans le château de Maizières au diocèse d'Amiens, en 1322 ; il porta successivement les armes en Sicile et en Aragon, revint dans sa patrie où il obtint un canonicat, entreprit ensuite le voyage de la Terre-Sainte, et servit un an dans les troupes des infidèles pour s'instruire de leurs forces. Son mérite lui procura la place de chancelier de Pierre, successeur de Hugues de Lusignan, roi de Chypre et de Jérusalem, à qui ses conseils furent très-utiles. A son retour en France, l'an 1372, Charles V lui donna la charge de conseiller d'État et le fit gouverneur du dauphin, depuis Charles VI. Enfin Maizières, dégoûté du monde, se retira, l'an 1380, chez les célestins de Paris ; il y finit ses jours sans en prendre l'habit ni faire les vœux, et y mourut en 1405,

Chypre et de Jérusalem. Un jour, désabusé du faste et des pompes du siècle, il avait dit un éternel adieu au monde pour servir le Seigneur à l'ombre du cloître : il s'était retiré au monastère des célestins de Paris, et vivait comme eux dans la retraite et la pratique des vertus religieuses, sans être lié toutefois par les vœux monastiques.

« La grande réputation de cet illustre solitaire, dit le P. Croiset (1), porta Pierre de Luxembourg à l'aller voir. Philippe découvrit, dès la première conversation, les trésors de grâces dont Dieu avait prévenu le jeune comte ; la conformité des sentiments lia bientôt une étroite amitié entre ces deux grands serviteurs de Dieu. Philippe était charmé de l'innocence et de la haute piété de Pierre de Luxembourg ; et celui-ci profita beaucoup des lumières que lui communiqua Philippe pour l'exercice de l'oraison et pour les diverses voies de perfection dans la vie spirituelle. »

Ce fut d'après les conseils de ce saint homme que notre Bienheureux voua la virginité perpé-

après leur avoir légué tous ses biens. (Feller, *Dict. historiq.*) On a de lui plusieurs ouvrages de piété. Ce fut à sa sollicitation que Charles VI ordonna que les condamnés à mort pourraient, avant le supplice, recevoir la sainte Eucharistie.

(1) Croiset S. J. *Exercices de piété pour tous les jours de l'année.* Juillet. — 2e édition. Paris. Coignard, 1752.

tuelle (1) et prit la résolution d'embrasser l'état ecclésiastique.

Tels n'étaient point cependant les desseins de sa famille : on le destinait à la carrière des armes. Le comte Waléran surtout comptait lui faire partager plus tard les expéditions militaires auxquelles l'honneur et le devoir l'engageaient ; aussi, apprenant que les études ne servaient qu'à augmenter la dévotion de l'enfant, il commença à se repentir de l'avoir envoyé à Paris. Il écrivit à ses gouverneurs, et les pria de rappeler souvent à son frère ce que sa noble maison et le monde attendaient un jour de lui. Hugues et Nicolas secondèrent parfaitement les vues du comte ; mais Pierre se contenta de répondre à leurs remontrances qu'il préférait à toutes les gloires du monde la dernière place du sanctuaire.

Lorsque Waléran apprit cette réponse, il ne put se contenir et partit immédiatement pour Paris, afin d'essayer s'il ne pourrait pas lui-même le faire changer de résolution. A peine arrivé

(1) Dans une ancienne légende latine de notre Bienheureux, que l'on trouve dans les *Annales historiques des comtes de St-Pol*, nous lisons ce qui suit : *Vix excesserat* (*Mathildis, mater Petri*) 5 *aut* 6 *annum cum castitatis florem Deo Petrus promisit*. Or, d'après nos recherches, nous avons vu que la comtesse Mathilde était morte en 1375 ; six ans après notre Bienheureux accomplissait sa dixième année ; c'était précisément l'époque où il fréquentait Philippe de Maizières, et où il prit la résolution d'embrasser l'état ecclésiastique.

dans la capitale, il prit à part le bienheureux enfant :

« Il est véritable, mon très-cher frère, lui » dit-il, que je vous ay vû volontiers jusqu'à ce » temps dans l'occupation des estudes, qui sert » sans doute grandement pour donner la trempe » d'une bonne nourriture aux enfans, et les ôte » de la portée de quantité de vices, qui accueil- » lent ceux qui négligent la première instruction » qui se prend dans les Académies des bonnes » lettres. Mais je ne puis maintenant souffrir de » voir que ces années précieuses de vostre ado- » lescence, que vous devez prester à l'instruction » des affaires du monde, s'écoulent sans aucun » fruit dans la poussière des escoles et ne servent » que pour accroistre vostre âge et diminuer vos- » tre fortune. Nous sommes en un temps auquel » les mérites sont la mesure des belles fortunes ; » et les mérites dignes de vostre naissance et de » vostre ambition ne s'étoffent point des *ergò* » d'une classe ou des pointilles d'une loy ou d'un » canon, mais d'autres plus glorieuses actions » auxquelles les beaux et renommés exemples de » nos ayeuls vous appellent, vous obligeans à ne » forligner point de la route d'honneur qu'ils ont » glorieusement battue. Il se faut donc résoudre, » sans plus, à nourrir d'autres pensées que celles » qui vous ont entretenu jusqu'à présent, et vous

» évertuer de vivre non tant pour vous que pour » les vostres et pour la splendeur et l'establisse- » ment de vostre maison ; non tant pour vostre » contentement que pour le public et pour l'hon- » neur de vostre patrie. » (1)

Ces paroles, prononcées avec fermeté, auraient ébranlé une âme moins courageuse ; sans faire paraître son émotion, il répondit à son frère avec une modestie pleine de gravité :

« Monsieur, les représentations que vous venez » de me faire sont trop foibles pour me faire » rompre les résolutions que j'ai prises par le » conseil de Dieu. J'avoue que l'épée est l'artisane » de ces belles et luisantes fortunes dont vous » avez parlé, auxquelles aspirent ceux qui ont esté » persuadés de la vanité que les grandeurs ter- » restres sont le souverain bien de l'homme. Mais » la vérité m'a instruit que je devois ailleurs por- » ter la visée de mes ambitions, où la foy assigne » mes plus certaines espérances. Et partant ne » me flattez plus du costé de ces apparences plei- » nes d'illusions, d'allarmes et de dangers ; et ne » blamez plus l'oisiveté de mes occupations (ce » vous semble) inutiles aux miens, au public et à » ma patrie. Je suis assez honorablement occupé, » n'ayant que le soin de mon ame, et pensant,

(1) Alby S. J. *Vie du B. Pierre*, déjà citée.

» non comme je dois passer le temps et m'accom-» moder aux humeurs du monde, mais comme je » dois finir ma vie et sortir du monde. Dieu, sans » moi, pourvoira suffisamment au reste par les » autres moyens qui serviront à l'employ de sa providence (1). »

Le comte de Luxembourg n'eut aucune raison à alléguer contre une pareille réponse ; il voyait trop bien que son frère ne faisait qu'obéir à l'inspiration de l'Esprit Saint, et il se serait reproché de résister aux volontés du ciel en s'opposant plus longtemps à une vocation si clairement manifestée. Il céda, mais craignant que l'humilité du Bienheureux ne lui fît choisir l'obscurité du cloître, il se hâta de le faire pourvoir d'un canonicat alors vacant dans l'église cathédrale de Notre-Dame de Paris : c'était en 1379.

(1) Alby S. J. *Vie du B. Pierre,* déjà citée.

CHAPITRE III.

Pierre de Luxembourg chanoine de Paris. — Il est pourvu de nouveaux bénéfices. — Grand schisme d'Occident.

Le jeune Pierre reçut avec joie ce bénéfice, parce qu'il lui fournissait l'occasion de renoncer au monde et de se vouer tout entier au service des autels. Sa piété et sa ferveur prirent alors un nouvel accroissement ; ce fut comme un nouvel aliment offert à son ardente charité. Il était transporté d'allégresse quand il songeait que chaque jour il s'approchait des sacrés tabernacles, que chaque jour il lui était donné de chanter les louanges du Seigneur dans son temple. Son assiduité et son recueillement au chœur ne se démentirent jamais ; il y assistait jusqu'à la fin de l'office, malgré l'exemple contraire que lui donnaient quequefois les chanoines de son âge.

Ces jeunes gens, qui n'étaient point encore engagés dans les ordres, n'avaient pas le droit de porter l'aumusse et prenaient leur place au chœur dans les stalles basses. Cette infériorité déplaisait à la plupart d'entre eux, elle les confondait en quelque sorte avec les simples clercs; ils résolurent d'y mettre un terme. Leurs efforts auprès de l'évêque ayant été inutiles, ils essayèrent d'intéresser à leur cause notre Bienheureux, que la précocité de sa science et ses admirables vertus rendaient recommandable à tout le clergé de Paris; ils le prièrent de présenter lui-même leur demande aux dignitaires du chapitre. Pierre se contenta de leur répondre que *les personnes qui avaient établi cette coutume étaient, par leur âge et leur expérience, plus à même qu'eux d'en apprécier les motifs, et qu'ainsi ils n'avaient qu'à se soumettre.*

Sa conduite tout entière était une leçon pour eux. Ils déclinaient les fonctions qui paraissent basses dans les cérémonies; Pierre les recherchait, au contraire ; il priait les enfants de chœur de lui céder l'encensoir ou le bénitier, et il voulait porter la croix à toutes les processions.

« Il arriva un jour qu'en une procession générale qui se fit à l'église Sainte-Geneviève, un jeune chanoine, qui était destiné pour porter la croix, s'y rendit difficilement, s'imaginant que c'était quelque chose de bas au dessous de sa qualité. Alors nostre sainct Pierre, qui était d'une qualité incomparablement plus relevée, profitant d'une si belle occasion pour contenter sa dévotion, prit la croix, se reconnaissant indigne de ce bonheur, et la porta nu-pieds avec une ferveur qui édifia tout Paris (1). »

Les plus anciens du chapitre lui étaient profondément attachés, et ces vieillards, blanchis par les ans et les travaux, venaient souvent entendre de sa bouche les leçons de la perfection chrétienne. Les plus jeunes écoutaient ses conseils et ses avis : tous étaient dans l'admiration à la vue de son éminente sainteté.

Mais Pierre, au lieu de s'enorgueillir de tous les témoignages de respect dont il était l'objet, s'humiliait profondément devant le Seigneur et redoublait ses austérités. « Il jeûnoit tous les jours de jeûne, hormis en Carême, pendant lequel ses maîtres ne lui permettoient de jeûner que quatre jours par semaine, à cause de sa grande jeunesse; mais à mesure qu'il augmenta en âge, il augmenta ses jeûnes. Dieu joignoit en lui, par un

(1) Légende manuscrite du Bienheureux, par le diacre Abbès, à la bibliothèque du collége des jésuites d'Avignon.

miracle insigne de sa grâce, une grande pureté de vie et un grand amour pour la pénitence. Il commença de bonne heure à se faire violence pour emporter le royaume du ciel, comme s'il eût su que sa vie devoit être courte et qu'il falloit se hâter de fournir, dans le peu de temps qui lui étoit donné, une grande carrière... Il ne touchoit rien de son bénéfice, il le donnoit entièrement aux pauvres... ses domestiques lui en faisoient la guerre et l'attendoient même à la porte du chœur pour l'empêcher de donner; mais il sortoit par une autre porte, et, pour se cacher d'eux, il s'avisa, vers l'âge de treize ans, de jeter son aumône par une fenêtre de sa maison aux pauvres qui ne manquoient pas de se trouver dans la rue à une heure nommée (1). »

Pendant que notre Bienheureux édifiait ainsi par ses vertus l'Eglise de Paris, deux autres Eglises non moins illustres se disputaient l'honneur de le compter au nombre de leurs archidiacres : celle de Chartres lui donna l'archidiaconé de Dreux en Normandie, et celle de Cambrai l'archidiaconé de Bruxelles en Brabant; c'était au mois de novembre 1381. Trois mois après, il fut encore nommé chanoine de Cambrai. Il fut forcé

(1) *Vie du B. Pierre*, d'après les manuscrits de Bauduit.

d'accepter tous ces bénéfices et d'en prendre possession, mais cependant autorisé à résider à Paris pour continuer ses études. Il suivait alors les cours de théologie ; l'importance et la sublimité de cette science l'enflammaient d'un ardent amour de Dieu et l'animaient d'un plus vif désir d'arriver à la perfection que le divin Maître exige de ses fidèles et dévots imitateurs.

Mais l'esprit de ténèbres et de mensonge ne peut voir les progrès des âmes dans les voies de la sainteté sans chercher à les éloigner de Dieu. Il attaqua Pierre de Luxembourg, comme il avait autrefois attaqué saint Paul, par l'aiguillon de la chair ; il lui livra les plus terribles combats. Le Bienheureux résista à toutes ses suggestions ; il augmenta ses jeûnes et ses austérités, et réduisit ainsi l'ange infernal à une fuite honteuse. Ce fut alors qu'il se ceignit d'une grosse corde qu'il garda jusqu'aux derniers jours de sa vie ; elle lui causait de vives douleurs, et elle lui déchira tellement les reins qu'ils n'étaient plus qu'une plaie, comme on le lit au procès de sa canonisation.

La terrible épreuve qu'il venait de soutenir lui fit concevoir des craintes pour la perte de son innocence ; afin de la mettre à l'abri des dangers, il songea à se cacher au fond d'un monastère. Cependant, prévoyant les difficultés et les entraves que sa famille et les églises auxquelles il était attaché ne manqueraient pas de lui susciter, il dut renoncer à son dessein; mais il résolut de mener au milieu du monde la vie des religieux et des solitaires, en se dégageant des sollicitudes et des affaires temporelles, et rapportant tout à l'éternité.

Pour l'intelligence de ce qui nous reste à raconter de la vie et des actions du Bienheureux Pierre de Luxembourg, nous sommes ici obligés de suspendre notre récit et d'initier le lecteur aux événements qui se passaient alors au sein de l'Eglise catholique.

Le pape Boniface VIII était mort dans les premiers jours du XIVe siècle; Benoît XI lui succéda; mais il ne fit que passer sur la chaire de saint Pierre : il mourut en 1305, deux ans après son élection. Les cardinaux, réunis en conclave à Pérouse, nommèrent en sa place, quoique absent, l'archevêque de Bordeaux, Bertrand de Got, d'une noble famille de Gascogne. Il prit le nom de Clément V, et manda aussitôt en France les cardinaux pour la cérémonie de son couronnement. A cette nouvelle, Rosso des Ursins, doyen du sacré-collége, s'écria, dit-on : « Bientôt nous » verrons le Rhône; mais, si je connais bien les

» Gascons, le Tibre de longtemps ne reverra les » papes. »

Il ne se trompait pas, car Clément V, en apprenant son élévation au pontificat suprême, avait décidé de rester en France. On a donné pour cause de cette résolution l'amitié qu'avait pour lui Philippe le Bel et son attachement trop sensible pour sa patrie ; mais les troubles qui agitaient alors l'Italie sont un motif suffisant pour excuser sa répugnance et celle de ses successeurs à repasser les monts.

Après son couronnement qui eut lieu à Lyon, Clément V parcourut, pendant plus de trois ans, les diverses provinces du royaume : Bordeaux, Nevers, Limoges, Périgueux, Poitiers, Toulouse, le reçurent dans leurs murs. Enfin, en 1309, il partit pour Avignon où il fixa sa résidence ; et pendant près de 70 ans, six pontifes français, Jean XXII, Benoit XII, Clément VI, Innocent VI, Urbain V et Grégoire XI, lui succédèrent dans cette ville. Grégoire XI, cependant, ne finit point ses jours à Avignon. A la vue des malheurs auxquels l'Italie était livrée en l'absence des papes, il retourna à Rome la cinquième année de son pontificat ; il y mourut le 27 mars 1378.

A peine la pierre tumulaire avait-elle couvert

ses dépouilles mortelles, que les bannerets du quartier de l'église de *Santa Maria la Nuova* vinrent haranguer dans ce temple même les cardinaux qui avaient assisté aux funérailles du pontife. Ils représentèrent au sacré-collége que les papes français étaient les auteurs des calamités de l'Italie, et que, pour les terminer, il convenait de mettre, pour cette fois au moins, la tiare sur la tête d'un italien.

Les cardinaux se bornèrent à répondre qu'ils agiraient suivant l'impulsion de leur conscience, et, dès le 7 avril suivant, ils se retirèrent, au nombre de seize, dans le palais Saint-Pierre, pour entrer en conclave.

A cette nouvelle, le peuple accourt vers le palais ; le cri : « *Romano lo volemo*, nous le voulons romain », mêlé aux plus féroces menaces et aux plus grossières injures, ne cesse de retentir sous les fenêtres des cardinaux, pendant toute la journée du 7 avril et la nuit suivante. Le lendemain, le tumulte n'était point apaisé ; aussi les cardinaux, effrayés de cette émeute populaire et protestant contre les violences auxquelles ils étaient en butte, se hâtèrent de procéder à l'élection, et le nom de l'archevêque de Bari, Barthélemy Prignano, napolitain, sortit de l'urne. C'était un docteur fameux, pieux, désintéressé, grand ennemi de la simonie, zélé pour la chasteté et la justice. Il fut couronné dix jours après, et prit le nom d'Urbain VI.

Vers le milieu du mois de mai, treize cardinaux, froissés et mécontents de la sévérité du nouveau pape à leur égard, quittèrent Rome pour se retirer à Anagni dans la Campagne, sous prétexte d'éviter les chaleurs qui, à cette époque, commencent à devenir insupportables dans la ville; mais le fond de leur pensée était d'agir contre Urbain.

Le pontife pénétra leur dessein et partit pour Tivoli dans le but de les calmer. Ce fut en vain: les cardinaux appelèrent à leur secours des bandes de Gascons et de Bretons qui se trouvaient dans le voisinage; et, le 9 août de cette même année, après avoir instruit une longue procédure contre le pape, ils annoncèrent que son élection était nulle et adressèrent à tous les fidèles une déclaration motivée de leurs actes.

Se rendant ensuite à Fondi, au royaume de Naples, ils procédèrent à une nouvelle élection. Leur choix se porta sur le jeune cardinal Robert de Genève, évêque de Cambrai, qui prit le nom de Clément VII. C'était le 20 septembre 1378; le 31 octobre suivant, le nouvel élu fut solennellement couronné. Le roi de France, Charles V, le reconnut pour légitime successeur de S. Pierre;

l'Espagne, l'Autriche, l'Ecosse, Naples, Milan, la Lorraine, les îles de Chypre et de Rhodes, la Savoie et le comté de Genève imitèrent son exemple ; mais l'Italie, l'Angleterre, la Hongrie, la Suède, le Danemarck, la Pologne et les Flandres restèrent attachés à Urbain. Aussitôt les hostilités éclatèrent entre les deux partis, et plus d'une fois on en vint à des batailles sanglantes.

Après quelque temps de séjour à Naples, Clément partit pour la France et vint résider à Avignon ; quant au pape Urbain, il continua à demeurer à Rome. Tous les deux eurent des successeurs : Urbain fut remplacé par Boniface IX, Innocent VII, Grégoire XII et Jean XXIII : le règne de Clément fut plus long ; il n'eut après lui qu'un seul pape, le fameux Pierre de Luna, qui prit le nom de Benoît XIII.

Tel fut le commencement de ce schisme, que l'on appelle avec raison *le grand schisme d'Occident*. L'obstination des pontifes à conserver la tiare et la persistance des cardinaux à leur donner des successeurs, furent la cause de sa durée. Pendant quarante ans il plongea la catholicité dans le deuil et la désolation, et il fallut un concile œcuménique pour mettre un terme à cette funeste division : ce concile se tint à Constance.

Les papes rivaux abdiquèrent, et, par la voix des pères de cette sainte assemblée, l'Eglise se donna pour seul et unique pasteur Martin V, en 1417. Ainsi la paix fut rendue au monde chrétien.

« Pendant toute la durée du schisme, dit saint Antonin, il y eut dans les deux partis ou *obédiences,* des hommes très versés dans les saintes Ecritures, dans le droit canonique, des hommes très religieux et même très illustres par leur sainteté et leurs miracles (1). L'on ne put jamais décider cette question (quel était le véritable et légitime pontife) sans laisser des doutes dans les esprits. En effet, bien que d'après ce texte de S. Jean : *et erit unum ovile et unus pastor*, il soit nécessaire de croire qu'il n'y a qu'une seule Eglise catholique et non plusieurs, et qu'il n'y a aussi qu'un seul pasteur de cette même Eglise, le vicaire de Jésus-Christ, cependant il n'est pas nécessaire pour le salut, s'il arrivait que pendant un schisme plusieurs pontifes fussent créés ou nommés en même temps, il n'est pas nécessaire pour le salut de croire que celui-ci ou celui-là a été nommé canoniquement ; il suffirait d'en reconnaître

(1) C'est ainsi que notre Bienheureux, S. Vincent Ferrier, Ste Colette Boilet, S. Gens, et autres, reconnurent le pape qui siégeait à Avignon ; et au même temps Ste Catherine de Sienne obéissait à celui qui résidait à Rome.

un seul. Quel est celui qui a été élu selon les canons ? Nul n'est pas plus tenu de le savoir que le droit canonique ; et en cela les peuples peuvent suivre leurs ancêtres ou leurs prélats (1). »

(1) S. Antonin. Florent. ord. præd. *Histor. ecclesiast.* tit. XXII, part. 3.

CHAPITRE IV.

Pierre de Luxembourg est nommé à l'évêché de Metz. — Il est ordonné diacre. — Il va à Ligny. — Son entrée à Metz. — Ses visites pastorales. — Son administration épiscopale. — Epreuves qu'il a à subir. — Il est appelé à Avignon.

Ce n'était pas à Paris seulement, à Chartres ou à Cambrai, que la vie tout angélique du jeune Pierre trouvait des admirateurs : la renommée de sa sainteté s'était répandue au loin ; Robert de Genève qui siégeait à Avignon, comme nous l'avons dit, sous le nom de Clément VII, avait appris à quel degré d'éminente vertu Dieu s'était plu à élever l'âme innocente de notre Bienheureux : il le regardait déjà comme une des plus fermes colonnes de l'Eglise. « Désireux, dit le P. Alby, de tirer cette lampe de dessous le boisseau de l'humilité pour la mettre sur le chandelier de l'honneur, il épioit toutes les occasions de le pourveoir de quelque dignité épiscopale. »

L'évêché de Metz était vacant par la mort de Thierri de Boppart (1); au mois de mars 1383, notre Bienheureux fut élevé sur le siége de cette ville. Clément crut pouvoir légitimement dispenser des lois et des usages ordinaires celui que *la vertu élevoit si fort au dessus de son âge ;* et l'événement montra bientôt que la haute dignité d'évêque ne surpassait pas les forces du jeune cardinal.

« Dieu a bien fait paraître alors que c'était lui qui avait réglé dans le ciel ce qui s'exécutait sur la terre ; et il y avait d'autant plus sujet de le croire que les hommes et la recommandation du siècle avoient eu moins de part à cette nomination ; car il arriva, par un effet remarquable de la Providence divine, qu'elle fut faite à Avignon par le pape avant qu'il eût reçu les lettres que

(1) Thierri de Boppart, prédécesseur de notre Bienheureux, fut le 74e évêque de Metz. Il appartenait à une puissante et illustre famille des bords du Rhin. Il prit possession de son siége en 1365. L'empereur Charles IV l'envoya souvent en ambassade auprès des papes Grégoire XI et Urbain V. Ce prélat fonda à Metz les couvents des célestins, des carmes, etc.; il fit bâtir en plusieurs endroits de son diocèse des monastères et des églises. Après dix-huit ans d'épiscopat, il mourut à Metz dans les premiers jours du mois de janvier 1383.

Charles VI lui écrivait en faveur du Saint pour cet évêché (1). »

A la nouvelle de sa promotion à l'épiscopat, Pierre fut accablé de douleur ; la vue du fardeau redoutable qui lui était imposé remplissait son âme d'une sainte épouvante, et son humilité lui faisait chercher tous les moyens de se soustraire à cette dignité sublime. Il écrivit au pape pour lui représenter sa jeunesse et son inexpérience, et pour le conjurer de donner à l'Eglise de Metz un pasteur plus digne de ce nom. La volonté de Clément fut inflexible, et le Bienheureux dut obéir.

Toutes les personnes qui le connaissaient et qui avaient pu apprécier ses rares qualités, se réjouirent de sa nomination. Le Chapitre de Notre-Dame de Paris vint, par l'organe de Jean le Riche, son doyen, lui offrir le premier son tribut de louanges. Le roi Charles VI lui-même le fit mander à sa cour et le combla de félicitations. Pierre ne répondit que par l'humilité à ces témoignages de vénération ; enflammé de l'Esprit de Dieu, il rappela à son souverain qu'à l'exemple de ses augustes prédécesseurs, il se devait tout entier à ses peuples et surtout à l'Eglise. Le roi,

(1) *Vie du Bienheureux*, d'après les manuscrits de Bauduit.

charmé de la sagesse de ses paroles, résolut de traiter avec lui plusieurs affaires importantes, et il eut lieu d'être satisfait d'avoir, en cette occasion, consulté le jeune évêque que le ciel paraissait avoir si abondamment prévenu de ses lumières.

La jeunesse du Bienheureux ne lui permettait pas d'être encore ordonné prêtre et de recevoir la consécration épiscopale ; il fut cependant promu au diaconat dans l'église cathédrale de Paris, vers la fête de Pâques de cette année 1383. Il se rendit ensuite à Ligny pour s'y préparer quelque temps, dans la retraite et la prière, à l'administration du vaste diocèse qui venait d'être confié à ses soins, et que le grand schisme d'Occident divisait d'une manière déplorable.

Il eut le bonheur de rencontrer à Ligny sa sœur Jeanne qu'il aimait si tendrement. « Cette jeune fille qui, par sa rare piété fut l'admiration de son siècle, s'étant consacrée uniquement à Dieu, par le vœu de chasteté, dès ses premières années, vivoit sous un habit séculier d'une manière tout à fait religieuse... Elle vit le jeune Pierre, son frère, avec bien de la joie... Ils trouvèrent tous deux tant de consolation dans leurs conversations toutes saintes, qu'après y avoir employé une partie du jour et de la nuit, ils ne souffroient qu'avec peine qu'on vînt les interrompre. On ne leur voyoit jamais entre les mains que des livres de piété ; on ne les entendoit parler que de Dieu, et il falloit les arracher par violence l'un de l'autre quand il étoit temps de se retirer. Le Saint apprenoit à sa sœur à réciter le bréviaire ; ils se levoient la nuit pour dire matines ensemble, et étoient deux heures en prières (1). »

Après deux mois de séjour à Ligny, il partit pour Metz, afin de prendre canoniquement possession de son siége ; le comte Waléran et André, son plus jeune frère, en faveur duquel il venait de résigner son canonicat de Cambrai, voulurent l'accompagner. Ce fut pendant ce voyage que l'on découvrit une partie des austérités qu'il imposait à son corps ; son valet de chambre le trouva un soir à genoux au pied de son lit, et frappant jusqu'au sang ses épaules avec des verges de bouleau.

A la fin du mois de mai, il arriva dans sa ville épiscopale. Le premier magistrat de la cité avait ordonné qu'on le reçût avec la plus grande mag-

(1) *Vie du Bienheureux Pierre,* d'après les manuscrits de Bauduit.

nificence ; mais Pierre *ne voulut d'autre magnificence que de grandes largesses pour les pauvres ni d'autre appareil que celui qu'inspire la modestie et la piété.* Il entra à Metz monté sur une ânesse, à l'imitation du divin Maître qui avait bien voulu se servir d'une telle monture le jour de son triomphe à Jérusalem (1).

Le lendemain, il ordonna une procession solennelle de l'église cathédrale à l'abbaye de St-Vincent ; il y assista nu-pieds, « se considérant, dit un ancien auteur de sa vie, en sa qualité de pasteur, comme chargé de tous les péchés de son peuple, et comme une victime publique qui devoit être immolée à la colère de Dieu, pour détourner de dessus son troupeau les fléaux que la corruption des mœurs et la division des esprits sembloient devoir attirer sur lui. »

Dès qu'il fut au courant des affaires de son diocèse, il voulut en faire la visite. Il choisit

(1) Tous les historiens de notre Bienheureux racontent qu'il fit deux entrées à Metz, la première sans pompe, à cause de l'irritation des esprits des habitants de Metz contre les partisans de Clément de Genève, et la seconde que nous venons de décrire. *L'histoire des évêques de Metz*, par l'évêque Meurisse, et la *Chronique de S. Thiébaud* admettent aussi cette double entrée. Dom Calmet et les auteurs du *Gallia christiana* ne parlent que d'une seule ; nous avons adopté leur sentiment, surtout lorsque nous avons vu que les Bollandistes n'avaient rien décidé sur ce fait et s'étaient bornés uniquement à citer les différentes opinions.

pour l'accompagner celui qui était devenu son conseil et son guide : c'était un savant et saint religieux de l'ordre de Saint-Dominique, appelé Bertrand, que le pape venait de nommer évêque de Thessalie *in partibus,* et auxiliaire du Bienheureux dans le gouvernement de l'Eglise de Metz. Il prit aussi avec lui son confesseur Gérard de Vervins, qu'il avait amené de Paris.

Pendant le cours de ces visites pastorales, il se conduisit avec une sagesse au dessus de son âge, et laissa au milieu des populations qui se pressaient sur ses pas l'odeur des plus suaves vertus. Au milieu des fatigues et des incommodités du voyage, il continua toujours ses pratiques de piété, et en donnant ses soins à son troupeau, le pasteur ne perdait point de vue sa propre perfection. Vers la fin de juillet, il revint à Metz. Les réformes les plus urgentes et l'instruction des fidèles fixèrent alors toute son attention. Son zèle s'appliqua surtout à rétablir dans toute son intégrité la discipline ecclésiastique, et à mettre un terme aux funestes abus que les malheurs du schisme avaient introduits presque partout (1).

(1) Nous avons trouvé fort peu de documents relatifs au séjour de notre Bienheureux dans la ville de Metz; nous nous sommes adressé à l'évêché de cette ville pour avoir quelques détails à ce sujet. Voici un extrait de la lettre qu'a bien voulu

« Tout embrasé qu'il étoit du zèle des âmes, il leur donnoit avec soin la nourriture du salut, et il les animoit à conserver la pureté de la foi, ayant soin de se conserver lui-même pur et saint. Il sut fort bien, en qualité de pasteur, marcher devant ses brebis pour les conduire dans le chemin du ciel par l'exemple de sa bonne vie, et pour les éclairer des lumières dont il étoit plein lui-même. Il surpassoit ses inférieurs autant par sa sainteté que par sa dignité ; il conversoit avec eux avec une familiarité humble, éloignant de sa conduite tout faste et tout orgueil, ne méprisant personne, mais méprisant beaucoup tout ce qui inspire aux hommes vains le mépris de ceux qui sont au dessous d'eux (1). »

La prière et l'étude occupaient tous les loisirs que lui laissait le gouvernement de son diocèse :

nous répondre M. l'abbé Thomas, secrétaire général de Mgr Dupont des Loges : « Nous n'avons dans le diocèse aucun monument se rapportant à l'administration du Bienheureux Pierre de Luxembourg ; le trop court passage du cardinal n'a presque pas laissé de traces au milieu de nous... Nos archives messines sont dans une grande pénurie à l'endroit du Bienheureux..... Plusieurs auteurs du dernier siècle ont voulu lui attribuer quelques deniers d'argent, parce qu'un passage d'un vieux titre du vendredi après la fête de saint Luc, année 1585, contient cette déclaration : *Monseigneur fait faire monnoye en la dite cité de Metz à coin d'or et d'argent.* »

(1) Légende manuscrite, par le diacre Abbès, déjà citée.

il prenait des leçons d'éloquence sacrée et s'exerçait à la prédication, *pour n'être pas un pasteur muet et ne pas garder la dignité d'évêque sans s'acquitter de la principale fonction de l'épiscopat, qui est l'administration de la parole de Dieu.* Il aimait à réunir autour de lui les personnes les plus vertueuses; les matières de piété et les sublimes enseignements de l'Ecriture sainte faisaient ordinairement le sujet principal de ses conversations. Ses austérités augmentaient toujours; son confesseur Gérard de Vervins, craignant qu'elles ne missent ses jours en danger, l'exhorta à modérer ses pénitences et à diminuer ses jeûnes : le Bienheureux se contenta de lui répondre *que c'était une chose tout à fait digne de compassion de voir qu'il eût tant de tendresse pour sa misérable chair, et si peu pour son âme qui était sans comparaison bien plus précieuse.*

Ses aumônes devinrent aussi plus fréquentes et plus considérables : il avait fait trois parts des revenus de son évêché; la première fut consacrée à l'entretien et à l'ornement des pauvres églises de campagne; la seconde, au soulagement des indigents, des veuves et des orphelins; la troisième suffisait à son entretien et à celui des personnes de sa maison.

Sur la fin de l'année 1384, « Wenceslas, roy de Bohême et élu roy des Romains, étant venu à Luxembourg, les bourgeois de Metz lui firent une députation solennelle de quatre des principaux bourgeois de la ville pour lui faire honneur et pour terminer quelques différends que la ville avoit avec celle de Luxembourg. Ensuite le roy Wenceslas vint à Metz pour s'y faire reconnoître roy des Romains; les habitants de Metz reçurent réciproquement de Wenceslas un privilége portant que l'on ne pourroit toucher à leurs franchises. Ce prince leur demanda de plus qu'ils reconnussent Urbain VI pour vrai pape et qu'ils reçussent pour évêque le sire Tillemont Boisse; mais il n'y a pas apparence qu'il ait rien obtenu à cet égard... Toutefois, au commencement de l'an 1385, les magistrats firent une entreprise contre les droits de l'évêque, en nommant des commissaires pour établir les treize wardeurs (gouverneurs de la ville), prétendant que leur évêque, n'ayant pas encore l'âge prescrit par les canons pour l'épiscopat, ne pouvait ni créer ces officiers à l'ordinaire la veille de la Chandeleur, ni recevoir leur serment suivant la coutume.

» Pierre de Luxembourg se mettoit assez peu en peine de réprimer ces entreprises des magistrats qui ne regardoient que son autorité temporelle, ayant l'esprit occupé de choses bien plus importantes. Mais le comte Waléran, son frère, se crut obligé de venger l'autorité épiscopale. Il s'approcha de Metz, sur la fin de mai 1385, avec six vingt lances et quarante arbalétriers, et se logea à Ennery, chez le sire Nicole de Heu, où il demeura quatre jours. De là il envoya sommer ceux de Metz de destituer les treize wardeurs que l'on avoit faits contre l'usage ancien et contre les droits de l'évêque, son frère. Ceux de Metz répondirent qu'ils ne changeroient rien à ce qu'ils avoient fait, témoignant assez qu'ils ne craignoient guères le comte, ni sa petite armée qui ne pouvoit rien contre la ville, mais qui ne laissa pas de leur causer un très-grand dommage par le dégât qu'elle fit dans la campagne (1). »

Le bienheureux évêque fut accablé de douleur en voyant que ses droits étaient ainsi revendiqués à main armée : ses représentations et ses instances n'avaient pu vaincre la colère de son frère qui croyait l'honneur de sa famille engagé dans cette expédition. Pendant ces jours de tribulations et d'épreuves, il donna à la ville de Metz des exemples admirables de charité et de patience, sa modération et sa douceur faisaient plus que la force des armes, et la sagesse de sa conduite

(1) Dom Calmet, *Histoire ecclésiastique, civile et politique de la Lorraine*, tome II. Nancy, Cusson, 1728.

aurait fini par calmer l'irritation des esprits, si un ordre du pape ne fût venu l'arracher aux devoirs de sa sollicitude pastorale. Clément de Genève apprenant les dangers qu'il courait au milieu de ces événements funestes, l'appela à la cour pontificale d'Avignon. Pierre se sépara à regret de son troupeau, et laissa, suivant les intentions du pape, l'administration du temporel de son diocèse à l'évêque de Strasbourg. Il passa par Paris, afin de présenter ses hommages au roi de France. Le monarque le revit avec bonheur, et lui fit présent de deux mille livres d'argent pour subvenir aux frais de son voyage.

CHAPITRE V.

Pierre de Luxembourg arrive à Avignon. — Il est créé cardinal-diacre. — Ses vertus et ses bonnes œuvres à Avignon. — Le comte Waléran, son frère, continue sa guerre avec les habitants de Metz. — Notre Seigneur Jésus-Christ en croix apparaît au Bienheureux. — Pierre de Luxembourg cherche à faire cesser le schisme.

Vers la fin du mois de septembre, le jeune évêque arriva à Avignon ; les cardinaux et les principaux prélats de la cour pontificale l'attendaient sur les bords du Rhône : ils le reçurent avec tous les honneurs et toutes les marques de distinction dus à sa naissance et à son mérite. Le pape Clément vint en personne à sa rencontre, et le pressa tendrement sur son cœur. « Et après lui avoir dit que la cause pour laquelle il l'avait mandé était pour jouir de sa présence et le faire cardinal, le Bienheureux, avec toute l'humilité qu'il put, le supplia de ne le point élever en cet honneur, qu'il ne pouvait espérer par mérite, ni posséder sans confusion, se voyant rempli de tant d'indignités, jeune, infirme, et déjà assez accablé sous le faix des charges qu'il lui avait données. Le pape toutefois, sans s'arrêter à ses excuses, et sans délai, le lendemain, célébrant la messe, le créa diacre-cardinal, sous le titre *de Saint-George au voile d'or* (1), en présence de tous les cardinaux, seigneurs et princes de sa cour, qui tous concevaient de grandes espérances de ce jeune prince, et applaudissaient cordialement à son élection. Mais lui, parmi ces grands applaudissements, et au milieu des chatouillements de l'honneur, n'en

(1) Les titres (*tituli*) étaient dans la primitive Eglise les maisons des fidèles de Rome où l'on célébrait les saints mystères; à chacun de ces titres était attaché un prêtre qui y administrait les sacrements. Outre les titres, il y avait dans la campagne de Rome les évêchés que l'on appelle *suburbicaires*, et dont les évêques assistaient le souverain pontife. La ville de Rome était encore divisée en quartiers ou régions dont le gouvernement était confié à des diacres, d'où leur nom de *diaconies*. Lorsque la paix fut donnée à l'Eglise, les titres furent transformés en basiliques, et dans chaque diaconie il s'éleva une église qui en prit le nom. A l'époque de l'institution des cardinaux, c'est-à-dire vers le pontificat de saint Silvestre, les évêchés suburbicaires, les titres et les diaconies furent donnés aux membres du sacré-collége; les cardinaux-évêques eurent l'administration des évêchés; les cardinaux-prêtres, des titres, et les cardinaux-diacres, des diaconies. Il en est encore ainsi de nos jours; seulement, suivant les besoins des temps, les souverains pontifes ont augmenté ou diminué le nombre de ces évêchés, titres et diaconies.

paraissait pas plus joyeux ni content; plutôt il portait en son visage les marques de l'éloignement que son humilité nourrissait en son âme des prélatures et des grandeurs du siècle (1).

Quelques instants suffirent à Pierre pour comprendre tous les dangers qu'il allait courir au milieu des embarras de la cour : il en conçut une vive douleur, et *regretta même,* comme le dit un ancien biographe, *d'avoir obéi aux instances de Clément VII.* « Hélas! s'écriait-il en soupirant, lorsque j'étois à Paris, il me sembloit être au ciel, parce que j'avois le temps de prier, au lieu qu'il me semble ici être en enfer, parce que je ne puis prier. » Afin de se prémunir contre les périls qu'il pressentait et contre l'air contagieux qu'il respirait déjà, il résolut de se choisir un directeur sage et éclairé : il chargea de ce soin dom Nicolas, prieur de la chartreuse de Dijon, qui se trouvait alors à Avignon : « *Je suis,* lui dit-il en se jetant à ses pieds et versant un torrent de larmes, *je suis un jeune homme sans connaissance et sans force, et qui par conséquent ai grand besoin d'un homme capable qui m'instruise et me dise la vérité.* Ce saint religieux lui désigna le P. Gilles d'Orléans, de l'Ordre des Augustins, savant théologien, également recom-

(1) Alby. S. J. *Vie du Bienheureux,* déjà citée.

mandable par sa science et sa piété. Pierre de Luxembourg reçut ce directeur comme si le Saint-Esprit lui-même le lui eût donné, et il le conjura de vouloir bien le diriger dans les voies du salut.

D'après ses avis, il quitta bientôt le palais apostolique, et se choisit une maison particulière dans un quartier solitaire de la ville (1). Il s'interdit toutes les visites qui n'étaient pas d'une nécessité extrême, et ne parut plus à la cour pontificale que sur l'ordre exprès du pape ou pour des réunions importantes. L'amour du silence était une de ses vertus favorites ; sa conduite semblait n'avoir d'autre règle que cette maxime qu'il répétait souvent : « *La langue qui parle beaucoup et qui ne porte point de fruit est une chose monstrueuse*. Il riait peu, et lorsqu'on lui demandait pourquoi il était si sérieux : « *On dit que Notre Seigneur Jésus-Christ a pleuré*, répondit-il, *mais on ne dit pas qu'il ait ri.* »

La visite que lui firent, quelque temps après son arrivée à Avignon, deux jeunes nobles de cette ville, lui inspira plus profondément encore la fuite et le mépris du monde. Ces malheureux osèrent, en s'entretenant avec lui, proférer quelques

(1) Voyez la note E aux pièces justificatives.

paroles obscènes : Pierre les congédia brusquement, et courut de suite se jeter aux pieds de son confesseur ; en même temps il pria le ciel de lui envoyer quelque infirmité qui le séparât du commerce des hommes. Ses vœux ne tardèrent pas à être exaucés : peu de jours après il lui survint à la jambe droite un grand ulcère qui lui causa de vives douleurs et le mit presque hors d'état de sortir de sa maison. Ni les traitements des médecins, ni les soins assidus des personnes qui l'entouraient ne purent guérir cette plaie ; il en remercia le Seigneur, et se réjouit avec le P. Gilles des souffrances qu'il éprouvait ; *car*, disait-il, *elles le préservaient du péril d'aller recevoir dans l'âme des blessures bien plus dangereuses par la conversation contagieuse avec le monde.*

L'étude et la prière devinrent alors son unique occupation : il reprit, sous la direction de Jean de la Marche, ses études théologiques ; et les leçons qu'il recevait ne servaient qu'à le perfectionner dans la science des saints.

Son sommeil durait cinq heures au plus. « Afin de veiller plus facilement, il se couchait tout vêtu sur une natte, à terre, sans tapis ni oreiller ; et pour cacher cette austérité à ses domestiques, il se laissait déshabiller tous les soirs et mettre au lit ; en sorte que ce ne fut que malgré lui qu'on découvrit cette sorte de mortification qu'il s'était imposée ; et on le trouva une nuit à genoux sur sa natte, tenant d'une main une chandelle allumée, et de l'autre un livre dans lequel il priait (1).

C'est ainsi qu'il passait ordinairement la nuit, la veille des grandes solennités : *il ne pouvait dormir*, disait-il, *tant il était attaché à la prière !* Il se couchait le plus tard qu'il pouvait ; et si par hasard il entendait la cloche de quelque monastère appelant les religieux à l'office de la nuit, il récitait alors *matines* avant de prendre son repos. Son confesseur devait chaque jour l'entendre au tribunal sacré de la pénitence ; ses confessions étaient accompagnées de larmes et de sanglots : pour lui, les moindres imperfections devenaient des fautes énormes, et les moindres manquements lui causaient la douleur la plus amère. Il communiait avec une piété et une ferveur extraordinaires ; il ne se croyait pas digne de recevoir la sainte Eucharistie, et il ne paraît pas qu'il s'en approchât aussi souvent que sa pureté et son innocence eussent pu le lui permettre. *Communément*, dit un de ses camériers au procès de sa béatification, *communément il recevait le sacrement vivifiant du corps de Jésus-Christ, les grandes fêtes et souvent les dimanches, versant*

(1) *Vie du Bienheureux*, d'après les manuscrits de Bauduit.

des torrents de larmes que la dévotion lui faisait répandre. « Outre les jeûnes communs de l'Église, qu'il observait au pain et à l'eau, il jeûnait encore tous les mercredis à l'honneur de l'offrande que fit le Fils de Dieu de lui-même à ses ennemis aux jardins des Olives; les vendredis en mémoire de sa sainte Mort et Passion; et les samedis en l'honneur de la Vierge Marie, appliquant à ce d'ordinaire les sujets de ses méditations; et en ses autres repas, il pratiquait une abstinence incroyable, craignant, se disait-il, que la chaleur du boire et du manger n'engendrât dans la corruption de la nature quelque petit serpent de volupté qui lui rongeât le cœur.

» On peut dire de lui véritablement que dans l'affluence des grandeurs, il était comme un chien en la maison de son maître, vivotant presque seulement avec du pain et de l'eau.... Le pape fut prié de lui commander qu'il relâchât un peu de ces grandes austérités qui flétrissaient son pauvre corps et le précipitaient à la mort; ce qu'il promit de faire. Comme donc il l'eut mandé venir à ce dessein..., le pape, congédiant le cardinal de Cambray, avec lequel il traittait, prit notre Bienheureux par la main, et, le tirant à part, il lui tint ce discours :

« Il est véritable, mon fils, que c'est un grand

» sujet de bénir Dieu quand les exemples des » belles mœurs sont fréquents et familiers aux » gens d'Eglise, et particulièrement à ceux qui » sont élevés en dignité et prélature, dans les actions » desquels le peuple s'instruit plus volontiers que » dans les discours ; ce dont j'ai occasion de me flat- » ter au digne choix que j'ai fait de votre personne, » la mettant sur le chandelier de l'Eglise, afin que » vos vertus luisent à tous les enfants de sa maison. » Toutefois comme ce m'est un précieux contente- » ment de voir en présence vos vertus en exercice, » lesquelles auparavant je ne connaissais que par » réputation ; aussi me serait-ce beaucoup de re- » gret que vos ferveurs apportassent quelque dom- » mage à votre santé que je tiens si chère. Et » partant je vous prie d'être un peu plus indul- » gent à votre corps, qui doit, par nécessité, servir » aux fonctions de l'âme, et de donner quelque » trêve à ces grandes austérités qui ont déjà miné » ses forces et ruiné tout son embonpoint ; en » quoi il est à craindre que vous ne vous rendiez » coupable devant Dieu, qui, vous ayant sans doute » appelé par sa providence aux charges que vous » possédez, vous a obligé à ne vivre point tant » pour vous que pour son peuple et le service de » son Eglise. »

» Ces paroles étonnèrent grandement le bon cardinal, et le rendirent tout honteux pour se voir ainsi découvert ; tellement qu'à peine put-il proférer ce peu de mots en tremblant : *Père saint, je ne fais aucun bien en ce monde, ce qui est à ma grande confusion ; mais si je suis un serviteur inutile, que du moins je sois un serviteur obéissant.* Et il se mit à genoux pour recevoir la bénédiction de Sa Sainteté ; le pape le releva et l'embrassa affectueusement (1). »

Comme Clément ne lui avait point parlé de ses aumônes, le Bienheureux songea à se dédommager, par un nouveau surcroît de charité, de ce qu'il pensait avoir perdu du côté des austérités et de la pénitence. Il voulut nourrir tous les jours dix pauvres, et doter de ses propres deniers un certain nombre de filles indigentes : huit cents livres tournois, qu'il toucha à cette époque des revenus de son évêché, furent immédiatement distribués à des malades.

« Il ne se contentait pas, dit encore le P. Alby, de donner aux pauvres la troisième partie de ses revenus ; mais, en outre, après avoir pourvu aux nécessités de sa famille et au maigre ordinaire de sa table, il voulait que le surplus leur fût secrètemement distribué. Il épargnait encore, pour eux, sur la dépense de ses habits,

(1) Alby S. J. *Vie du Bienheureux*, déjà citée.

n'ayant jamais qu'un vêtement qu'il portait toujours tant qu'il fut usé. Bien souvent il ne se trouvait aucun argent pour la dépense de sa maison, parce qu'il donnait tout aux pauvres. Son argentier *(l'économe de sa maison)*, un jour fâché de ce que les indigents écumaient toutes les commodités de la maison, prit courage de lui faire une remontrance de resserrer un peu sa trop grande largesse, à laquelle il ne pouvait fournir.... et que la prudence humaine requérait qu'il pourvût premièrement à sa famille *(aux personnes de sa maison)*, et qu'il demeurât toujours quelque peu de réserve pour subvenir aux nécessités qui arrivent. Il dit cela avec un peu d'aigreur ; ce que le bon cardinal supporta patiemment en lui disant, le sourire aux lèvres, que *la meilleure réserve se faisait dans les coffres de l'épargne du Paradis.*

» Quand il sortait du logis, il faisait toujours aumôner les pauvres qui se trouvaient à la porte ; et ayant aperçu un jour qu'on en rudoyait quelques uns et qu'on les renvoyait mécontents, il voulut lui-même faire la distribution de sa main, en quoi il prenait un singulier contentement..... Cheminant un jour par la ville, quelques pauvres lui demandèrent l'aumône pour l'amour de Dieu. Ce cœur tendre, piqué de cette parole comme d'un trait de feu, chercha incontinent de quoi leur donner ; mais ne trouvant rien sur soi, il dit à un de sa suite qu'il donnât l'aumône à ces pauvres, lequel n'approuvant point ce ménage, répondit vivement : *Il n'y a pas, monseigneur, pour vous donner à dîner ; c'est chose étrange qu'il faille donner tout aux pauvres, et quasi plus que tout ; car maintenant, encore qu'il n'y ait rien, vous commandez qu'on leur donne.* Mais le bienheureux cardinal, sans s'émouvoir, tira l'anneau qu'il portait à son doigt, et commanda à un de ses serviteurs de l'aller vendre et de lui apporter l'argent ; car il était résolu de n'éconduire jamais les pauvres. »

Tant de vertus, tant de bonnes œuvres faisaient l'admiration de la ville d'Avignon tout entière ; on ne parlait que du jeune cardinal de Luxembourg ; tous proclamaient hautement que sa présence était une source de bénédictions pour la cité. Lui seul était mécontent de lui-même ; il gémissait de se voir ainsi l'objet de la vénération générale ; il s'affligeait de ce que la pourpre lui ôtait tant d'occasions de pratiquer l'humilité. Il ne cessait de prêcher cette vertu à ses domestiques, leur montrant combien elle est précieuse aux yeux de Dieu et rare au milieu du monde. Un d'eux lui demanda un jour par quel moyen il pourrait devenir humble. *Examinez votre cons-*

cience, lui répondit Pierre, *repassez, matin et soir, tous vos défauts, et vous serez humble; car la superbe n'est que l'ignorance de ses fautes, et l'humilité en est la connaissance.*

Le pape, en l'appelant à Avignon, l'avait dispensé de résider dans son Eglise de Metz. Néanmoins le Bienheureux éprouvait de vives inquiétudes en se voyant ainsi séparé de son troupeau que les malheurs de la guerre plongeaient dans la désolation. Le comte Waléran, malgré le départ de son frère et ses représentations incessantes, continuait à ravager le territoire de Metz, et à demander, les armes à la main, aux habitants de cette ville une réparation envers leur évêque.

« Il avait sollicité du secours de Louis III, duc de Bourbon, disant que plusieurs places de l'évêché de Metz étaient occupées par des Allemands, ennemis du pape Clément VII. Louis lui envoya 400 hommes d'armes, commandés par messire Jean de Château-Morand, lesquels, joints aux troupes du comte, prirent la ville de Gorze, puis allèrent devant Moyenvic et Marsal. On lit aussi que le comte revint sur les terres de Metz, et alla droit à Louvigny, où ceux de Metz tenaient garnison dans trois châteaux ou maisons fortes qui appartenaient aux seigneurs de la ville. Le comte prit d'assaut ces maisons avec ceux qui y étaient. Alors ceux de Metz firent prier l'abbé de Saint-Symphorien de parler au gouverneur de l'évêché de Metz, afin qu'il fît part des propositions au comte, disant qu'ils étaient disposés à lui donner toute satisfaction au sujet de la création des *Treize*. Mais le comte répondit qu'il fallait outre cela le dédommager des grands frais qu'il avait faits dans cette guerre, et qu'il demandait pour cela douze mille francs d'or. Ceux de Metz ayant rejeté cette proposition, le comte fit mettre le feu aux trois maisons fortes de Louvigny, fit le dégât dans les campagnes, et envoya quatre-vingt-dix prisonniers à Ligny en Barrois ; il prit d'assaut le bourg de Gorze, puis vint se loger à Wappy, où il fit plusieurs ravages.

» L'évêque de Strasbourg, qui avait l'adminis-nistration de l'évêché de Metz pendant l'absence du cardinal, se rendit à Metz, et porta les bourgeois à s'accommoder avec le comte ; il le prièrent de s'employer pour cela. Il se rendit à Ligny, et fit l'accord des Messins avec le comte sous ces conditions : que les élections de la magistrature, faites sans la participation du cardinal, seraient cassées ; que celles qui se feraient dans la suite ne se feraient que de son consentement ; que chacun des prisonniers, qui étaient entre les mains du comte, payeraient pour sa rançon vingt florins, le fort portant le faible ; que les bourgeois envoyeraient une députation vers le cardinal à Avignon pour lui faire leurs excuses ; et qu'enfin ils délivreraient au comte quatre mille florins pour le dédommager des frais de la guerre (1). »

Lorsque le Bienheureux apprit la nouvelle de cet arrangement, il ne put voir sans affliction cette somme de quatre mille florins exigée de ses ouailles ; il écrivit à l'instant à son frère pour le prier de ne rien recevoir des habitants de Metz ; et dans sa charité apostolique, il s'engagea lui-même à payer cette somme à différents termes (2) sur les

(1) Dom Calmet. *Histoire ecclésiastique, civile et politique de la Lorraine*, tome II.

(2) Ce que nous venons d'avancer se trouvera peut-être en contradiction avec ce qu'on lit dans les anciennes vies du Bienheureux : notre opinion est basée sur l'importante pièce que nous avons reçue extraite des *Archives impériales*, dont la teneur suit : « Vidimus *fait sous le scel du tabellionage de Liney* (Ligny), *le* 23 *janvier* 1389, *des lettres de Raoul de Coucy, évêque de Metz* (successeur immédiat du Bienheureux). *Comme son cher seigneur et cousin, le comte de Liney et de Saint-Pol, seigneur de Fiennes* (le comte Waléran), *a fait plusieurs grands services, frais et dépens, en mettant gens d'armes sur pied pour le recouvrement des villes, forteresses et pays dudit évesché pour le temps de la promotion à feu monseigneur Pierre, cardinal de Luxembourg, administrateur général dudit évesché..., et en autres manières pour le fait dudit évesché, et pour cet effect aient appointé devant le roi et nos seigneurs de Bourgogne et de Bourbon, en sorte que le dit feu cardinal confessa devoir audit comte, son frère, la somme de* 14000 *francs d'or, qu'il aurait requis et sommé ledit Raoul de lui payer par appointement de son cousin le seigneur de Coucy et autres amis et conseillers, ils sont condescendus jusqu'à* 8500

revenus de son évêché, lui cédant pour garantie ce qu'il avait à recevoir de la succession de son père.

Mais Dieu ne laisse pas toujours ceux qu'il aime languir sans consolation au milieu des tribulations et des larmes : il daigna souvent adoucir, par l'effet admirable de sa bonté toute puissante, les douleurs et les épreuves de Pierre de Luxembourg. On lit au procès de sa canonisation que le saint cardinal fut bien des fois favorisé de célestes apparitions; son humilité eut grand soin de dérober ces faveurs divines à la connaissance des hommes. Cependant deux de ces apparitions ont été connues; en voici le récit tel que le donne le P. Alby, d'après les dépositions authentiques contenues au procès de la canonisation :

« Un jour, après s'être plongé bien avant par méditation dans les plaies de son Sauveur, et étant sorti de son hôtel pour entendre la messe à Saint-Pierre-d'Avignon, comme il avait encore ses pensées vivement empreintes dans son cœur, et qu'il allait par les rues soupirant au ciel et éven-

francs d'or, que ledit Raoul connait lui devoir comme evesque à cause de ladite evesché qu'il promet de lui payer dans les termes et obligations y portées qu'il jure entre les mains de Messire Gobert, prêtre, tabellion apostolique et imperial. » (Inventaire de Lorraine, tome VII, *Ligny*).

tant par ses soupirs ses douces flammes, voilà qu'il aperçoit une grande lumière, et au milieu d'icelle Jésus-Christ crucifié ; tellement que, tout extasié, les yeux du corps et de l'âme tendus contre ce cher objet de son cœur, il demeura sans parler *quasi* demi-heure, jusqu'à ce que, comme défaillant en cet amoureux transport, on fut contraint de le mettre dans une maison la plus proche, et dit-on que ce fut dans l'hôpital Saint-Antoine.

» Une autre fois, le pape, pour le faire un peu distraire, l'ayant pressé de faire une promenade jusqu'à Château-Neuf-du-Pape (ainsi s'appelait ce lieu) où il faisait bâtir, distant de deux lieues d'Avignon... le Bienheureux Pierre y alla, pour donner ce contentement au Saint Père ; et comme il se promenait autour du château, enfoncé par la pensée dans les souffrances de son Sauveur, il eut la même vision de son Jésus crucifié ; ce qui le fit tomber à genoux au lieu où il se trouva, qui était fangeux, où il demeura plus d'un quart-d'heure, saintement transporté des élans de son affection envers son bien-aimé ; auquel temps ceux de la compagnie le voyaient tout environné de clarté. Et ce qui augmenta la merveille fut que, lorsqu'il se releva de ce lieu plein de boue, ses vêtements n'en furent nullement souillés (1). »

(1) Le P. Alby, qui raconte le fait, ajoute : « Le pape,

Depuis longtemps Pierre de Luxembourg gémissait profondément sur les malheurs qui désolaient l'Eglise : à cette époque, il la voyait avec douleur opprimée à l'Orient par le fanatisme des Turcs, et déchirée à l'Occident par les divisions funestes du grand schisme. Dans son zèle pour la maison du Seigneur et dans son amour pour la paix, il cherchait comment on pourrait faire cesser un si pénible état de choses. Après de ferventes prières et des jeûnes nombreux, il forma le projet de travailler lui-même à la pacification de la chrétienté. Son intention était d'aller trouver d'abord l'empereur d'Allemagne, son parent, puis de se rendre auprès du roi de France et du roi

depuis bien informé du miracle mesme par la confession du Bienheureux, pour en conserver la mémoire le fit peindre dans une salle de ce château; où il se voit... ; depuis, en tous ses pourtraicts on l'a toujours représenté avec un crucifix en lueur et en gloire devant lui debout ou à genoux... Il est très-certain que notre Bienheureux avait puisé toutes les vertus solides de son âme dans l'exemple de notre Sauveur... Il était toujours occupé à la pensée de son Sauveur crucifié; c'était l'objet de ses amours et le sujet de ses plus chers entretiens... Combien de fois, lors même qu'il se trouvait en compagnie d'autres personnes, s'occupant à digérer les pensées que sa dévotion lui inspirait sur la mort de son doux Rédempteur, a-t-il été vu se fondre en larmes parmi les embrasements de ses ardentes affections? Combien de fois, étant interrogé de quelque chose, répondre d'une autre, ou demeurer comme abstrait de ses sentiments ou ne parler que du sang, des plaies et de l'amour de Jésus? »

Nous donnons, à la note F des pièces justificatives, une prière latine que le Bienheureux avait composée lui-même en l'honneur des saints auxquels il était particulièrement dévot.

d'Angleterre, pour conjurer ces souverains de sacrifier leurs intérêts particuliers au bien commun de l'Eglise, et de consentir à la tenue d'un concile œcuménique, seul capable de terminer ce grand différend ; et, lorsque la paix et l'union auraient été rétablis entre les royaumes catholiques, d'appeler leurs sujets à une croisade contre les musulmans.

Le savant Pierre d'Ailly, plus tard évêque de Cambrai et cardinal, devait, avec trois docteurs en droit canon, l'accompagner dans ce voyage, sous la direction de son confesseur et de Jean de la Marche; il avait même déjà composé plusieurs mémoires adressés aux princes qu'il se proposait de visiter ; et pour attirer les bénédictions du ciel sur sa sainte entreprise, il avait promis d'aller en pèlerinage à plusieurs sanctuaires vénérés de la Mère de Dieu.

Mais il ne devait point voir l'accomplissement de ses pieux projets : en peu de temps il avait déjà fourni une longue carrière ; sa belle âme était mûre pour le ciel : Dieu se hâta de l'appeler à lui et de la ravir à la terre.

—

CHAPITRE VI.

Pierre de Luxembourg tombe dangereusement malade. — Il va à Villeneuve-lez-Avignon. — Sa patience dans les douleurs de la maladie. — Son testament. — Son agonie. — Sa mort.

La santé de Pierre de Luxembourg avait été d'une faiblesse extrême pendant tout le temps de l'Avent de l'année 1386 ; ses jeûnes, ses macérations et ses veilles l'avaient réduit à un fâcheux état de langueur, triste symptôme d'une grande maladie. En effet, vers les derniers jours de décembre, il sentit les premières atteintes du mal qui devait le conduire au tombeau.

Le pape, qui s'intéressait particulièrement au jeune cardinal et à la conservation de ses jours, ne fut pas plutôt informé de ses nouvelles souffrances, qu'il se hâta de lui envoyer ses propres médecins. Il chargea ensuite l'évêque de Lodève, auditeur de la chambre apostolique, de lui enjoindre de sa part de diminuer ses prières, de cesser ses pénitences, et surtout d'obéir aux prescriptions des médecins. Pierre se soumit humblement aux ordres du pontife, et promit de faire tout ce qu'on exigerait de lui.

En peu de jours ses douleurs augmentèrent considérablement ; sa fièvre se changea en fièvre lente ; l'air de la campagne fut jugé nécessaire, et on le fit conduire à Villeneuve-lez-Avignon, sur la rive droite du Rhône. Le Bienheureux s'éloigna avec joie du tumulte de la ville ; il prit son logement à Villeneuve, non loin de la Chartreuse (1), que le pape Innocent VI y avait fondée. Quand ses infirmités le lui permettaient, il se rendait à la *Vallée de Bénédiction* (c'était le nom de la Chartreuse), pour assister aux offices du chœur, et trouver dans la piété des vertueux solitaires un nouvel aliment à sa ferveur : ce fut au milieu d'eux qu'il passa, malgré sa faiblesse, toute la semaine sainte et les solennités de Pâques.

Mais sa vertu brillait encore d'un plus vif éclat au milieu des maux qui l'accablaient ; sa patience était à toute épreuve : il ne laissait échapper aucune plainte, aucun mot, aucun geste qui pût té-

(1) Voyez la note G aux pièces justificatives.

ntoigner du mécontentement; il était au contraire d'une gaité surprenante; et si par hasard on l'interrogeait sur l'état de sa santé, il répondait, le sourire sur les lèvres : *Je vais bien avec la grâce de Dieu*. A voir la joie qu'il conservait dans toutes ses souffrances, on eût dit qu'elles se changeaient pour lui en délices. Quand on lui lisait la vie de quelque saint martyr : *Oh! qu'il est heureux*, s'écriait-il, *celui qui verse son sang pour la cause de son Dieu!* Il ajoutait qu'il ne ferait lui-même aucune difficulté d'endurer le martyre; et plusieurs fois il soupira tout haut après le sort des prêtres et des chrétiens qui succombaient alors en Terre-Sainte sous le cimeterre et les oppressions des sectateurs de Mahomet. Jean de la Marche lui dit un jour, pour l'éprouver, que s'il voyait une épée nue sur sa tête, il changerait bien de langage. Mais Pierre lui répliqua avec fermeté que *lors même qu'il aurait la mort devant les yeux, il ne tremblerait pas, et se livrerait de lui-même à ses bourreaux, espérant que le Seigneur ne l'abandonnerait pas dans cet instant suprême.*

Le pape lui avait enjoint, comme nous l'avons dit, de cesser ses mortifications : il obéit; mais, pour se dédommager en quelque sorte, il refusa à la nature tout ce qui pouvait la contenter : il ne prenait que les remèdes strictement nécessaires à sa guérison, rejetant toute superfluité et toute douceur.

La violence du mal croissait cependant chaque jour. Le jeudi, fête de l'Ascension, il fut obligé de céder et de ne plus sortir de chez lui ; il se vit ainsi, à son grand regret, dans l'impossibilité de continuer ses pieux pèlerinages à la Chartreuse. Il fit alors célébrer la sainte Messe dans son oratoire particulier. Il y assistait avec sa dévotion accoutumée : souvent il essayait de se mettre à genoux, mais ses forces trahissaient son courage ; et les médecins lui ordonnèrent de se tenir assis pendant le saint Sacrifice.

Le 24 juin, jour que l'Eglise consacre à célébrer la glorieuse naissance de saint Jean-Baptiste, ses douleurs devinrent si vives, qu'il fut obligé de rester au lit. La solennité de cette fête excita en lui un nouvel amour des souffrances. Lorsqu'il considérait la vie dure et pénible qu'avait menée au désert le Précurseur du divin Maître, il était pénétré de confusion, et rougissait de se voir l'objet des soins et de la sollicitude de toutes les personnes de sa maison. Jean de la Marche voulut devant lui attribuer à ses pénitences et à ses mortifications la cause de sa maladie. Pierre se contenta de répondre : *Qu'ai-je fait? saint Jean était plus jeune et plus saint que moi, et cependant il avait déjà fait beaucoup plus de pénitences.*

Le pape lui permit de faire célébrer tous les jours la sainte Messe dans sa chambre; il reçut cette faveur avec une vive reconnaissance. Il passait la plus grande partie de la journée en union avec Dieu, récitait son office, se livrait à de pieuses méditations ou se faisait lire la Vie des Saints. Mais bientôt il lui fut impossible de réciter l'office divin et même d'en supporter la lecture; il pria alors quelqu'un de remplir pour lui ce devoir, et il ne manquait pas de s'assurer chaque jour si l'on avait satisfait à cette sainte obligation. Il passa ainsi quelques jours dans une grande faiblesse.

Le 28 du même mois, on désespéra entièrement de sa guérison. Le P. Gilles d'Orléans, son confesseur, fut chargé de l'avertir que son heure approchait, et que très-probablement il n'avait pas encore bien longtemps à vivre. Pierre, à cette nouvelle, fut transporté d'allégresse. *Il me sera bientôt donné,* s'écria-t-il d'une voix émue, *il me sera bientôt donné de quitter cette terre et d'aller voir au ciel mon Seigneur Jésus. Allez,* dit-il à ceux qui environnaient son lit, *courez vers le*

Saint Père, et demandez-lui pour moi l'Indulgence plénière.

Clément exauça facilement ses désirs; il lui envoya l'Indulgence, en ajoutant qu'il pouvait faire son testament, et désigner lui-même les exécuteurs de ses dernières volontés. Gabriel de Crèvecœur, plus tard évêque de Coutances, et, à cette époque, protonotaire apostolique, fut chargé de lui porter la permission que lui accordait le pape. C'était le 29 juin, fête des apôtres saint Pierre et saint Paul. Le jeune cardinal se confessa dès le matin même; il entendit la sainte Messe, et après avoir, tout en pleurs, communié en viatique des mains de Jean de la Marche, il reçut, avec l'Indulgence plénière, la bénédiction pontificale.

Puis, afin de n'avoir plus rien à démêler avec le siècle, il dicta ses dernières volontés à Pierre d'Allovaigne, son secrétaire, qui les reçut en qualité de notaire apostolique (1).

AU NOM DE LA SAINTE ET INDIVISIBLE TRINITÉ PÈRE, ET FILS, ET SAINT-ESPRIT. AMEN.

Par la teneur du présent acte public, que la génération présente des vivants sache, dans le Fils de la

(1) L'original de ce testament, écrit tout entier en latin, se trouve encore dans les minutes de Me Barbeirassy, notaire à Avignon.

glorieuse Vierge, que la postérité qui va suivre n'ignore pas, et qu'il reste pour souvenir constant, valide et perpétuel aux âges à venir, que l'an de la Nativité de Notre Seigneur Jésus-Christ 1387, indiction 10e, l'avant dernier jour du mois de juin, la neuvième année du pontificat de notre Saint Père et Seigneur en Jésus-Christ, Clément, pape par la Providence divine, septième du nom, en présence de moi, notaire soussigné, des témoins dénommés plus bas, expressément et spécialement appelés et priés à cet effet, est comparu en personne le Révérendissime père et seigneur en Jésus-Christ, messire Pierre, par la miséricorde divine cardinal-diacre de la sainte Eglise Romaine, du titre de *Saint-Georges au voile d'or*, nommé communément de Luxembourg, sûr et sain de mémoire, esprit et réflexion, bien que, comme il apparaît au premier coup d'œil faible et débile de son corps et de ses membres, a dressé et fait son testament en la meilleure manière et forme qu'il puisse être dit et exprimé de droit ou coutume ou équité canoniques, et a ordonné sa dernière volonté en la manière et forme qui suit :

Moi Pierre, par la miséricorde divine cardinal-diacre, quoique indigne, de la sainte Eglise Romaine, du titre de *Saint-Georges au voile d'or*, communément appelé de Luxembourg, et, par la miséricorde de Jésus-Christ, mon Sauveur et Rédempteur, sain d'esprit et de mémoire, bien que débile et infirme de mon corps et de mes membres, réfléchissant et considérant que personne ne peut éviter la voie du dernier jugement, que la condition débile de la nature humaine est sujette à tant de périls et d'infortunes, et que rien n'est plus certain que la mort et plus incertain que son heure (ce qui doit toujours tenir l'âme du sage dans le doute et la crainte) ; voulant donc obvier aux dangers de ma mortalité et suivre la coutume louable et approuvée de tester, usant en cela de la faveur de tester qui m'a été gracieusement accordée par notre Très-Saint Père et seigneur en Jésus-Christ, Clément, pape par la Providence divine, septième du nom, et en toute autre meilleure manière et forme qui peut m'être permise de droit, ou de coutume, ou d'équité canonique ;

Je dresse et ordonne, en la façon qui suit, mon dernier testament perpétuel et solennel et ma dernière volonté ferme et valable ; révoquant dès maintenant, et annullant tout à fait, de science certaine, tout autre testament ou codicile ou disposition de mes biens, s'il m'est arrivé d'en faire ou ordonner par le passé ; voulant expressément et protestant dès maintenant, que, dans toutes et chacune des dispositions ci-dessus et ci-après écrites, on fasse les amendements, corrections, changements et améliorations aux gré, correction, amendement et ordination quelconque de mon dit Très-Saint Père le pape Clément VII et de messeigneurs les cardinaux, mes exécuteurs testamentaires, et des autres exécuteurs ci-après nommés, voulant que ce dernier testament, expression de mes dernières volontés et ordinations, ait à perpétuité force et validité.

Premièrement donc, ayant invoqué le nom de Jésus-Christ avec toute la dévotion dont je suis capable, je remets, avec toute l'humilité dont je suis capable et toute la dévotion que je puis et sais avoir, mon âme pécheresse et mon esprit entre les mains de Jésus-Christ, mon Sauveur et Rédempteur, qui n'a pas craint, pour nous pécheurs, de subir les atroces et cruels tourments de la sainte croix; je recommande mon âme et mon esprit à sa glorieuse et très-douce Mère la Vierge Marie, auxiliatrice et avocate des pécheurs, au bienheureux archange Michel, à tous les saints de Dieu et à toute l'assemblée des célestes citoyens.

Je laisse et recommande humblement et dévotement mon corps pourri à la sépulture de l'Église, quand mon âme sera sortie de ce corps et aura été débarrassée des liens de la chair; je choisis ma sépulture au cimetière de Saint-Michel d'Avignon, dans le terrain commun en dehors des chapelles, au milieu des autres cadavres, s'il arrive que mon âme se sépare de mon corps dans ce pays.

Item. Il me plaît que, selon les ordres, la discrétion et l'arbitre de mes dits seigneurs exécuteurs testamentaires, on couvre mon corps d'une pierre à peu de frais, et que, dans la chapelle de tous les saints qu'a fondée Me Rodolphe d'Ailly, on fasse la représentation de mon chapeau, et qu'on y écrive mon titre sur une petite table de marbre.

Item. Je veux et ordonne qu'au jour de mon enterrement, on n'allume que trois cierges, chacun du poids de sept livres, qui soient deux à la tête et un aux pieds, avec douze torches de cire, de huit livres chacune seulement, à la hauteur de mon corps.

Item. S'il arrivait que je mourusse hors la cour du pape, je veux être enterré au cimetière de Saint-Innocent, à Paris, en la forme et de la manière que je viens de prescrire.

Item. J'ordonne expressément que, devant toutes choses, si j'étais chargé envers quelqu'un de quelques dettes ou obligations desquelles il constera par quelque preuve, même seulement par demi-preuve, il soit pleinement satisfait par payement ou par restitution des biens que Dieu m'a donnés.

Item. Je dispose et lègue à André de Luxembourg, mon frère bien-aimé, ma meilleure chambre garnie de mes meubles avec tous mes livres, et mon grand cheval de parade.

Item. Je lègue à demoiselle Jeanne de Luxembourg, ma sœur, la meilleure et plus belle tasse de toute ma vaisselle.

Item. Je veux et ordonne qu'à tous et à chacun de mes domestiques et serviteurs, qui sont de présent ou qui ont été à mon service, soit entièrement, suivant mes facultés, satisfaits de leurs gages, et autres choses qui leur pourraient être dues au jugement de mes dits seigneurs exécuteurs.

Item. Je veux et ordonne que, si mes dits seigneurs exécuteurs jugent être de raison, les gages et entretiens de mes serviteurs et domestiques soient augmentés selon leur ordre.

Item. Je lègue à Robert de Rarion, mon écuyer principal, trente florins, outre ses gages, toute déduction faite.

Item. Trente autres florins d'or à Jean de la Loge, mon maître-d'hôtel.

Item. A Pierre Buzille, mon cuisinier, quinze florins.

Item. Pourvu qu'au préalable on ait satisfait à ce que dessus et non autrement, s'il se trouve suffisamment dans mes biens, je lègue, à mon Eglise de Metz, cent florins de la chambre, payables une fois seulement pour mon anniversaire, qui se fera en ladite église.

Item. Je lègue, en pareille forme, à l'Eglise de Paris, ma paix ou patène d'argent la meilleure, avec dix florins de la chambre.

Item. A chaque ordre des Mendiants qui sont en Avignon, dix florins de la chambre.

Item. Je consens et dispose en tous les droits et en la succession naturelle qui me peut écheoir, tant en biens meubles qu'immeubles et autres quelconques de l'héritage paternel ou maternel ou de mes autres parents, en quelque façon et par quelque droit qu'ils m'appartiennent, en faveur de mes héritiers, mes seigneurs Jean et André de Luxembourg, mes frères bien-aimés, et Jeanne de Luxembourg, ma sœur, chacun par égales parts et portions.

Finalement, au restant de mes biens meubles, les choses que dessus dûment acquittées, j'institue et nomme mes héritiers les pauvres de Jésus-Christ, qui se trouveront pour ce temps autour de la cour pontificale.

Et pour tout ce que dessus, je fais, nomme et établis exécuteurs de ce testament perpétuel et de ma volonté irrévocable, messeigneurs les Révérendissimes Pierre de *Saint-Marc*, dit cardinal d'Embrun, Jean des *Quatre Couronnés*, dit cardinal de Neufchâtel, Jean de *Sainte-Anastasie*, dit cardinal de Viviers, prêtres; Amadieu de *Sainte-Marie-la-Neuve*, diacre-cardinal; de Crèvecœur, pronotaire de la sainte mère Eglise; Clément, évêque de Lodève; Hugues le Chaudronier, mon camérier; Simon de Burick, procureur du roi de France en cour de Rome; et Nicolas Claquin, mon trésorier; auxquels dits cardinaux et aux deux autres, dont l'un est protonotaire et l'autre évêque, je donne, fais et accorde dès à présent plein et absolu pouvoir, en toutes et chacune des choses susdites de poursuivre, procéder et achever, comme de vrais exécuteurs, et à chacun d'eux, comme il a été dit, jusqu'à complément et achèvement de toutes et chacune des prémisses.

Vous, témoins ici présents et plus bas nommés, en témoignage de la vérité des prémisses, avec l'instance et l'affection dont je suis capable, je vous prie, ainsi que toi, notaire public, présent et soussigné, je vous prie instamment, plus instamment et très-instamment, que, de toutes les choses précédentes, vous dressiez en la meilleure forme acte public.

Fait et passé à Villeneuve-lez-Avignon, diocèse d'Avignon, en la maison d'habitation du Révérendissime Père testateur, l'an, l'indiction, le jour, le mois et le pontificat que dessus, présents vénérables et recommandables maîtres Jean de la Marche, docteur; Guy Danois ou Hurtin, licencié ès décrets; dom Gilles, docteur; Jean Chaubet, prêtre; Michel Alain, camérier dudit seigneur testateur; Collard de Theys et Achillée Macquerel, originaires des diocèses de Tulles, Boulogne, Noyon, Arras, Cambrai et Amiens; témoins présents, appelés et convoqués aux prémisses.

Lorsque cet acte fut dressé et que le notaire l'eut revêtu de sa signature et de la formule exécutoire, le Bienheureux appela autour de son lit ses domestiques et tous les gens de sa maison; après leur avoir fait lire son testament, il leur demanda s'ils étaient satisfaits de ses dernières dispositions en leur faveur. Ils ne purent lui répondre que par leurs larmes et leurs sanglots. Alors, prenant une ceinture de cuir qu'il tenait à son chevet, il les supplia en grâce de lui en frapper rudement les épaules, afin de lui faire expier ainsi les scandales et les mauvais exemples qu'il leur avait donnés durant sa vie. Les sanglots redoublèrent, et personne n'osa lui obéir, malgré ses instances et ses demandes réitérées. Il fit ensuite écrire au pape une lettre qu'il remit à l'évêque de Lodève, et dans laquelle il recommandait au pontife, d'une manière expresse et toute spéciale, chacun de ceux qui étaient attachés à son service.

Libre alors de tout soin matériel, Pierre ne pensa plus qu'à disposer son âme à paraître devant son Créateur. Il passa dans le recueillement et la prière les deux jours qui suivirent. Le 2 juillet, sentant que son heure était proche, il demanda les derniers Sacrements. Son confesseur, en lui faisant aux reins l'onction de l'huile sainte, découvrit les plaies nombreuses et profondes qu'avait faites dans sa chair la corde grossière qu'il portait autour du corps depuis son enfance, et que quelques jours auparavant il avait quittée sur l'ordre de Clément. On lui donna ensuite, selon ses désirs, l'absolution à haute voix, en présence de toutes les personnes de sa maison, auxquelles il demanda une seconde fois pardon de ses scandales, de ses emportements et de son orgueil.

Puis, les ayant toutes congédiées, à l'exception de Mgr de Crèvecœur, il fit approcher de son lit son frère André qui ne l'avait point quitté depuis son arrivée à Avignon. « André, mon frère, lui » dit-il, tu as été nourri des biens de l'Eglise de » Metz; je te prie en conséquence de te donner à

» l'Eglise plutôt qu'au siècle. Je te confie Jeanne, » notre sœur bien-aimée ; sois son guide et son » appui. » Et ayant ôté les deux anneaux qu'il portait au doigt, il en remit un à son frère, et l'autre au protonotaire apostolique.

C'était vers l'heure des vêpres : son confesseur entra alors dans sa chambre et lui demanda comment il se trouvait. Pierre lui fit signe de se retirer et le pria de lui laisser goûter quelques instants de sommeil. Le P. Gilles, pensant que c'était le sommeil de la mort, lui répliqua qu'il ne s'agissait pas de dormir en ce moment, car bientôt il serait probablement au sein de Dieu. Le Bienheureux lui répondit par trois fois : *grand-merci!* Et, levant les mains et les yeux au ciel, il s'écria, d'une voix forte et animée : *Faites, s'il vous plaît, Seigneur, qu'il en soit ainsi!*

Il tomba aussitôt après dans un profond assoupissement : les ardeurs de la soif le firent bientôt sortir de cet état, et il se releva pour demander à boire. Jean de la Marche lui présenta un peu de vin ; mais à peine en eut-il goûté qu'il rendit le verre.

Il entra alors en agonie ; un des médecins se pencha vers lui : *Monseigneur,* lui dit-il, *souvenez-vous de Notre Seigneur Jésus-Christ, votre Sauveur, et de la bienheureuse Vierge Marie, sa*

Mère. Pierre lui répondit d'une voix défaillante : *J'ai mis en eux ma confiance ; puis-je les oublier?* Ses camériers et son frère voulurent lui adresser encore la parole ; mais il ne donna aucune réponse. Le P. Gilles, voyant que cet ange d'innocence allait s'envoler au ciel, lui mit entre les mains un cierge bénit, et se mit à réciter les prières des agonisants. A ce passage de la recommandation de l'âme, qui rappelle le martyre de sainte Thècle, le Bienheureux poussa un profond soupir, ouvrit les yeux et expira. C'était le 2 juillet 1387, vers quatre heures du soir : dix-huit jours après il aurait accompli sa dix-huitième année.

« Il étoit de belle taille, surpassant en hauteur presque tous ceux de son âge ; il avoit le front large et tendu, le visage toujours serein et d'une contenance angélique, un peu long et pâle, le nez pointu et un peu aquilain ; les yeux bien fendus et comme de couleurs célestes ; les cheveux blonds, la bouche petite et coralline ; le menton pointu et assez court ; son col était long, auquel paraissoit fort visiblement les nerfs des deux côtés, tant il étoit maigre et exténué, à raison de ses grandes austérités ; ses mains longues, menües et fort belles ; tous les membres du corps bien proportionnés. (1) »

(1) Alby S. J. *Vie du Bienheureux Pierre*, déjà citée.

La mort n'altéra point ses traits, et s'il n'avait pas eu la bouche et les yeux ouverts, on aurait pu croire qu'il dormait ; toutes les personnes qui entouraient son lit doutèrent pendant près de demi-heure de la réalité de sa mort. Son corps conserva encore jusqu'au lendemain une douce chaleur, et la flexibilité de ses membres ne cessa qu'au moment où il fut enterré, fait que les médecins attestèrent ensuite sous la foi du serment, et qu'ils regardèrent comme un prodige.

CHAPITRE VII.

Funérailles du Bienheureux.— Son premier miracle.— Concours à son tombeau. — Commencement des informations relatives à sa béatification. — Fondation du monastère des Célestins d'Avignon. — Mort de Clément de Genève.

UNE heure ne s'était point écoulée depuis le moment où Pierre de Luxembourg avait terminé son innocente vie, que tous les habitants d'Avignon étaient déjà en mouvement, *ne sachant,* dit le Père Alby, *à qui ouvrir plutôt leur cœur ou au deuil de sa mort ou à la conjouissance de sa gloire.* Bien des personnes voulurent, malgré les approches de la nuit, se rendre encore ce jour-là à Villeneuve pour vénérer les dépouilles mortelles du serviteur de Dieu. Clément lui-même passa le Rhône et vint, les yeux baignés de larmes, prier auprès du corps inanimé de celui qu'il appelait durant sa vie *son fils et son bon ange*. Le lendemain 3 juillet, la foule se porta dès l'aurore à Villeneuve pour assister aux messes qui furent célébrées pendant toute la matinée dans la chambre mortuaire. Le pape donna des ordres pour que ce jour-là même le corps fût transporté à Avignon. A deux heures après midi, quelques prêtres vinrent en faire la levée et le portèrent jusqu'à la ville. Pendant le trajet, bien que la chaleur fût étouffante, ces restes précieux ne répandirent aucune odeur de corruption; il s'en exhalait au contraire comme un suave parfum. On les déposa, en entrant à Avignon, dans une des salles de l'hôpital du Pont (1), où ils furent pendant quelques instants exposés à la vénération des pauvres malades de cet établissement. On les porta ensuite à la maison qu'occupait en dernier lieu le Bienheureux. Le peuple y accourut de tous les points de la ville; chacun voulait contempler encore une fois les traits du jeune cardinal; chacun voulait toucher par dévotion les habits dont il était revêtu; tous l'appelaient le *Saint*; tous publiaient ses vertus.

Le 4 juillet, il fallut recourir à la force armée pour faire garder l'entrée de la maison; mais le religieux enthousiasme de la population surmonta

(1) Note II aux pièces justificatives.

tous les obstacles, et il fut impossible de contenir l'empressement de la foule. Cependant tout était prêt pour les funérailles: le pape n'avait point voulu suivre à la lettre toutes les dispositions testamentaires du défunt, et il lui avait fait préparer des obsèques en rapport avec sa dignité, sa naissance et la juste réputation de sainteté qu'il laissait après lui; il fixa le 5 juillet pour cette cérémonie. On eût dit que ce jour-là était un jour de fête pour toute la ville: hommes, femmes, enfants et vieillards, tous avaient cessé leurs travaux, et, parés de leurs habits de fête, se réunissaient devant la demeure du Bienheureux et dans les rues voisines. Aussi le cortége funèbre put-il à grand'peine s'avancer au milieu des rangs serrés et compactes de la population avignonaise, qu'étaient venus grossir les habitants des campagnes et des villages d'alentour. Clément avec toute sa cour, tout le clergé régulier et séculier, les divers ordres de magistrature, les consuls et toutes les notabilités de la ville y assistaient. Mais ce qui était plus touchant, ce qui attendrissait davantage, c'était une multitude de pauvres qui accompagnaient en pleurant au champ du repos celui dont les bienfaits consolaient leur détresse et soulageaient leur indigence. Le cercueil était découvert; il était posé sur un lit magnifique: Pierre était revêtu de ses habits de cérémonie;

son visage était radieux et brillait d'un éclat extraordinaire : son confesseur avait empêché de le peindre, contrairement aux usages de l'époque

Le cortége fit une première station à l'église de Saint-Antoine (1) pour y chanter la messe et l'office des défunts ; ce fut là qu'eut lieu le premier miracle opéré par le Bienheureux après sa mort. Un marchand de la ville, appelé Guillaume de Sabran, souffrait depuis deux ans des douleurs de la goutte : tous les remèdes avaient été inutiles. Apprenant la mort de Pierre de Luxembourg, et convaincu qu'il était au ciel, il s'adressa à lui avec confiance et le pria de lui rendre la santé. Puis, abandonnant son lit de souffrance, il se fait porter par ses serviteurs auprès de la maison du Bienheureux ; comme il ne peut pénétrer à travers la foule, il se fait conduire à l'église de Saint-Antoine : pendant près de deux heures il y attend l'arrivée du convoi funèbre. Il aperçoit enfin le corps du cardinal ; l'espérance lui donne des forces, il se traîne sur les mains jusqu'au cercueil et parvient à toucher le drap d'or qui l'entoure. A l'instant il est guéri ; il se lève et s'en va proclamant par la ville la puissance de son céleste libérateur.

(1) Note H aux pièces justificatives.

Lorsque l'office divin fut terminé, le cortége reprit sa marche et se dirigea vers le cimetière des pauvres de Saint-Michel (1). La foule l'avait déjà envahi, et l'on fut obligé, pour pouvoir y pénétrer, de stationner longtemps à l'endroit où est aujourd'hui la place des Corps-Saints. On ne put procéder à la sépulture du corps que plusieurs heures après midi. Comme on se disposait à descendre le cercueil dans la fosse, la mitre du Bienheureux fit un léger mouvement et lui couvrit le visage : à cette vue, le peuple demanda à grands cris qu'on lui fît voir encore les traits vénérés du jeune cardinal. Quel ne fut pas alors l'étonnement universel? ses yeux, qui étaient restés fermés durant le cortége, s'ouvrirent en ce moment et brillèrent comme s'il eût été encore en vie ; au bout de quelques instants ils se fermèrent de nouveau.

Lorsque la terre eut couvert le cercueil, ce ne fut, dans la foule immense qui encombrait le cimetière, qu'un cri de gémissement et de douleur : tous réclamaient à grands cris comme des reliques les étoffes qui couvraient le corps du Bienheureux. Un paysan de la Provence ayant pris par dévotion une poignée de terre au dessus de la

(1) Note H aux pièces justificatives.

fosse, chacun se mit en devoir d'en faire autant, et bientôt le corps fut mis à découvert ; on déchira le drap qui l'enveloppait, on brisa la caisse de cyprès qui le renfermait et l'on s'en partagea les débris. Deux des anciens serviteurs du cardinal, qui étaient présents, à la vue de l'enthousiasme populaire, allèrent en toute hâte chercher André de Luxembourg, son frère, et l'Auditeur apostolique : *Levez-vous vite,* leur dirent-ils, *si vous tardez, le corps de notre vénéré seigneur et maître le cardinal Pierre va être enlevé.* Ils accoururent aussitôt suivis d'un détachement de la garde pontificale que commandaient les capitaines Tronchin et Mondon ; la foule alors se retira devant les lances et les épées nues. Immédiatement on ensevelit de nouveau le corps, et l'on environna la fosse d'une forte palissade de bois que l'on remplaça quelques jours après par une grille de fer ; car le concours des fidèles, loin de diminuer, croissait au contraire : la renommée des vertus du jeune cardinal, la multitude des guérisons et des grâces déjà obtenues par son intercession ne servaient qu'à l'augmenter. En moins d'un an on comptait des miracles éclatants opérés en son nom : c'étaient treize morts ressuscités, huit malades à toute extrémité qui avaient été guéris, cinq muets qui avaient repris l'usage de la parole, sept aveugles qui avaient ouvert les yeux à la lumière, huit sourds qui avaient recouvré l'ouïe, quatre boiteux qui avaient marché, quinze paralytiques qui avaient pu mouvoir leurs membres, sept fiévreux abandonnés guéris de la fièvre, cinq insensés revenus à la raison, sept femmes en couche heureusement délivrées, quatre incendies qui avaient cessé, des maladies invétérées et terribles qui avaient disparu. Aussi de tous les pays voisins venait-on à Avignon pour avoir la consolation de prier sur cette tombe à peine fermée et sitôt glorieuse. La reconnaissance et la piété ne manquaient pas d'y déposer de nombreuses offrandes.

A cette époque, se trouvait à Avignon Marie de Bretagne, reine de Sicile et de Jérusalem, veuve du roi Louis II. Voyant le concours extraordinaire des fidèles auprès de la tombe du cardinal, et voulant seconder leur dévotion, cette pieuse princesse fit, dès les premiers jours de l'année 1389, remplacer la grille en fer par une élégante chapelle de bois; et, sur sa recommandation, le pape nomma pour aumôniers et administrateurs de ce modeste sanctuaire, Guillaume, évêque de Viviers, ancien camérier du Bienheureux, et le Père Gilles d'Orléans, son confesseur. A cette nouvelle, le comte Waléran de Luxembourg se rendit à Avignon pour visiter le tombeau de son frère et y déposer de magnifiques lampes d'argent.

Charles VI, roi de France, apprenant de son côté combien était grande l'affluence des pèlerins auprès du sépulcre du Bienheureux, pensa qu'il était de son honneur et de son devoir de demander au pape la canonisation de son parent. Il députa à cet effet à Avignon le savant Pierre d'Ailly, son premier chapelain, et lui expédia un brevet dans lequel, après avoir fait l'éloge du jeune cardinal de Luxembourg, *cette fleur née au milieu des lys, blanchie en dehors par la pureté évangélique de son corps et vermeille par la charité de son cœur*, il souhaite *que le pape fasse lever de terre le corps de son cousin, et canonise dans l'Église militante celui qu'il croit régner glorieux dans l'Église triomphante.* L'Université de Paris, dont Pierre de Luxembourg avait suivi les cours, et le chapitre de Notre-Dame, dont il avait fait partie, non contents de charger Pierre d'Ailly de demander aussi cette canonisation en leur propre nom, lui remirent des lettres pour le pape Clément et pour les prélats les plus influents de la cour pontificale.

Pierre d'Ailly partit immédiatement pour Avignon, et le 16 juin de cette année 1389, dans le consistoire apostolique, il prononça une éloquente harangue pour demander au pape de vouloir bien inscrire au catalogue des saints le nom de Pierre de Luxembourg, qu'environnait la double auréole des vertus et des miracles. Clément accueillit favorablement sa demande; et, par un bref, en date du même jour, il délégua les cardinaux Pierre, évêque de Sabine, Amelin, prêtre de Saint-Eusèbe, et Guillaume, diacre de Saint-Ange, pour procéder aux informations canoniques; il leur adjoignit comme auxiliaires, Jean, évêque de Glandèves, et Giraud, évèque d'Apt; puis, le 4 septembre suivant, il nomma procureur et promoteur de la cause Guillaume, évêque de Viviers.

Le roi de France avait tant à cœur cette canonisation, qu'il se rendit en personne à Avignon, le 30 octobre de cette même année, afin de la solliciter de vive voix auprès du pape. Pierre d'Ailly l'attendait à la cour pontificale; et, le jour de la fête de tous les Saints, cet illustre docteur prononça en plein consistoire un second discours pour renouveler la demande qu'il avait faite cinq mois auparavant. Ses paroles ne furent point sans effet: douze jours après, l'évêque de Viviers, promoteur de la cause, adressait aux prélats commis pour les informations un mémoire détaillé sur les vertus et les miracles de Pierre de

Luxembourg, contenant 105 articles qu'il se faisait fort de prouver lui-même.

Le 18 janvier 1390, dans une des salles de l'hospice attenant au cimetière de Saint-Michel, la commission se réunit et commença à instruire le procès de canonisation. Les témoins furent entendus ; parmi eux se trouvaient les personnages les plus honorables, tels que André de Luxembourg, frère du Bienheureux et évêque élu de Cambrai, le duc de Bourbon, Enguerrand sire de Coucy, le sénéchal de Beaucaire, le seigneur de la Voulte, le pénitencier du pape, Jean de la Marche, Nicolas Claquin, le Père Gilles d'Orléans. « On ne pouvait, lit-on dans la vie du Bienheureux, écrite sur les manuscrits du célestin Bauduit, on ne pouvait choisir des personnes plus capables de rendre témoignage à la vertu de celui dont on voulait s'informer. Ils étaient tous témoins oculaires, gens de probité, et beaucoup avaient été de sa dernière confidence. Il y a un caractère de sincérité et de vérité dans leurs dépositions qui les met hors de tout soupçon. »

Mais les affaires générales de la chrétienté vinrent suspendre ces précieux travaux. Les Turcs d'un côté s'avançaient avec des troupes considérables contre la Hongrie, et d'un autre côté menaçaient l'île de Rhodes, ce boulevard de la foi catholique. Philibert de Naillac, grand-maître des chevaliers de Saint-Jean de Jérusalem, alors souverains de cette île, voyant qu'il ne pouvait, avec le petit nombre de ses soldats, soutenir longtemps les efforts impétueux des infidèles, prit le parti de recourir au pape. Clément répondit à son appel, et forma, pour le secourir contre les Musulmans, une ligue puissante dans laquelle il engagea le roi de France, le duc de Bourgogne, le doge de Venise et quelques autres princes chrétiens. Quoique ses regards fussent presque constamment tournés vers l'Orient, le pontife cependant n'avait point perdu de vue la canonisation de Pierre de Luxembourg.

La libéralité extraordinaire que le roi de France avait déployée en faveur du tombeau du jeune cardinal, trouva un grand nombre d'imitateurs; les offrandes que l'on déposait chaque jour entre les mains des aumôniers de la chapelle devinrent si considérables, que Clément résolut de les consacrer à la construction d'une église et d'un monastère auprès d'un lieu que le ciel se plaisait à rendre illustre par tant de grâces et de prodiges: il pensa aussi que ce qui restait de la succession du Bienheureux ne saurait être consacré à un meilleur usage. En conséquence, sur la fin de l'année 1392, il appela à Avignon les Pères Célestins (1) du couvent de Gentilly, près du pont de Sorgues, et leur confia la garde du tombeau du cardinal de Luxembourg. Le 17 février de l'année suivante, ces religieux s'établirent à Avignon dans la maison du cardinal Jean de la Grange, qu'ils avaient achetée, dans le voisinage de la chapelle, en attendant que leur couvent fût construit. Le même jour, sur l'ordre de Clément, les religieux de Montmajour lez-Arles et tous les ayant droit leur cédèrent, moyennant une compensation pécuniaire, le cimetière et la chapelle de Saint-Michel; puis l'évêque de Viviers et le Père Gilles d'Orléans leur remirent douze maisons situées dans l'enceinte de la ville, quarante-sept éminées de vigne exemptes de toutes cense et servitude, quarante quintaux de cire, des meubles, des vases, de l'argenterie et une somme de 1308 florins : toutes ces choses avaient été acquises avec les dons offerts sur le tombeau du Bienheureux. Ils reçurent encore des sommes considérables de plusieurs membres du sacré-collége, entre autres des cardinaux de Brogni, de Châteauneuf et de Saluces, exécuteurs testamentaires, et du cardinal Jean d'Aigrefeuille, qui leur céda son

(1) Note H aux pièces justificatives.

prieuré de Laudun en Languedoc. Ces religieux, pour lesquels le Bienheureux avait eu pendant toute sa vie une prédilection particulière, furent au comble de la joie en se voyant chargés de la garde de sa sépulture; pénétrés d'une vive et profonde reconnaissance pour un tel bienfait, ils célébrèrent quelques jours après, en présence de toute la cour pontificale, une messe solennelle d'actions de grâces sur le tombeau même de Pierre de Luxembourg. Cependant les pèlerins continuaient toujours d'affluer en ce lieu de bénédictions, soit pour implorer l'aide du saint cardinal, soit pour déposer au dessus de la pierre sépulcrale les monuments de leur pieuse gratitude. « Les rois d'Aragon et de Sicile, disent les manuscrits du P. Bauduit, plusieurs princesses et dames de qualité y offrirent, les uns des images de cire, les autres des croix, calices ou images d'argent, les autres des ornements de drap d'or. Jean de Luxembourg, son frère, comte de Conversan, y légua, par son testament, 125 marcs d'or, et voulut y être enterré; Jeanne de Luxembourg, sa sœur, y offrit une image de sainte Catherine, qui était d'argent et enrichie de pierreries. »

Le roi de France, dont la dévotion au Bienheureux ne s'était point affaiblie, et qui venait d'être guéri d'une maladie très-grave par son intercession, déclara prendre le futur monastère des

Célestins sous sa protection et celle de ses successeurs. Non content de le doter de quatre mille livres de revenu exemptes de toutes charges, et de l'enrichir de nombreux privilèges, il voulut envoyer à Avignon Louis d'Orléans, son frère, Jean de Berry et Philippe de Bourgogne, ses oncles, pour en poser la première pierre en son nom et en sa place. Le cardinal de Châteauneuf, de l'ordre des Frères Prêcheurs et évêque de Tulles, officia solennellement par ordre exprès du pape; le cardinal de Foix bénit lui-même les fondements, et Gilles des Champs, docteur de Navarre et plus tard évêque de Coutances, prononça en cette occasion un éloquent éloge de Pierre de Luxembourg. Le cardinal Amédée de Saluces et Jacques Morel, un des premiers architectes de l'époque, furent chargés par Charles VI et Clément VII de diriger les nouvelles constructions; le duc de Savoie, qui assistait à la cérémonie, voulut aussi contribuer à la fondation de l'édifice, et il fit couper dans ses états tout le bois destiné aux charpentes. Quelque temps après, Clément de Genève tomba dangereusement malade, et en peu de jours il fut réduit à l'extrémité. Sur le point de rendre son dernier soupir, on l'entendit s'écrier: *Ha! ha! Luxembourg, je te prie que tu me veuilles ayder*; et en disant ces mots, il expira, le lendemain de l'octave de la Nativité de la Sainte Vierge, en 1394.

CHAPITRE VIII.

Quelques uns des miracles opérés par l'intercession du Bienheureux.

Le Seigneur, dont les conseils sont impénétrables, permet souvent, pour nous attacher davantage à son service, que les Bienheureux fassent éclater sur la terre un reflet de cette puissance qu'il leur communique dans les cieux. Après avoir couronné leurs mérites au sein des splendeurs éternelles, il daigne encore, à l'éclat dont leurs vertus brillent au milieu des enfants des hommes, ajouter l'auréole des miracles. Pierre de Luxembourg vient de mourir comblé des dons et des faveurs célestes; son corps est à peine descendu dans la tombe, et voilà qu'à l'invocation de son nom le boîteux marche, le muet parle, l'aveugle voit, le sourd entend, le mort même ressuscite. Depuis le jour de sa sépulture jusqu'au temps où nous vivons, il s'est opéré, par son intercession, bien des prodiges; et, deux ans après son bienheureux trépas, la commission chargée par le pape des informations canoniques, comme nous l'avons dit, en comptait plus de deux mille, parmi lesquels quarante-deux résurrections de morts.

Il nous est impossible de raconter ici toutes les merveilles par lesquelles le ciel s'est plu à manifester la gloire et le pouvoir de son fidèle serviteur; nous nous bornerons aux principales: nous en avons extrait le récit du procès même de la canonisation. En cela, au reste, nous avons suivi les traces des Bollandistes. A l'article des miracles du Bienheureux, les savants hagiographes ne font que citer les actes de sa béatification et les dépositions juridiques des témoins.

Depuis six ans, Béatrix Leroux, femme d'un aubergiste d'Avignon, avait perdu l'usage de l'œil et de l'oreille gauches; son corps était couvert d'ulcères, et, par surcroît de malheur, elle était atteinte du mal que l'on appelait alors le *feu Saint-Antoine* (1). Au mois de septembre 1387,

(1) Le nom de feu Saint-Antoine (*Ignis sancti Antonii*) a été donné dans les XIe et XIIe siècles, à une maladie qui causa de grands ravages en France. C'était un érisipèle gangréneux et pestilentiel qui entraînait la perte des membres auxquels il s'attachait; il les desséchait, les rendait livides, noirs et gangrenés. (*Dictionn. des sciences médicales*, XVe vol.)

c'est-à-dire deux mois après la mort de Pierre de Luxembourg, encouragée par les récits merveilleux qu'on lui faisait des effets de sa protection, elle se sentit portée à lui demander la guérison de ses infirmités. S'étant fait apporter de l'eau dans laquelle le Bienheureux avait pris un bain l'avant-veille de sa mort, et que ses domestiques conservaient encore précieusement, avec une pieuse confiance elle en lava ses ulcères, son œil et son oreille ; le lendemain elle était complétement guérie, et elle ne cessa depuis lors de jouir d'une parfaite santé.

Le 4 octobre suivant, un petit enfant de quatorze mois mourut à Avignon, à l'hôtellerie dite le *Péage de l'Etoile* ; ses parents, qui étaient étrangers à la ville et qui ne s'y étaient arrêtés que pour passer la nuit, furent plongés dans la plus profonde douleur. L'aubergiste, homme plein de foi, les exhorta à recourir, dans leur malheur, aux consolations de la religion, et il leur raconta en même temps les prodiges qui s'étaient déjà opérés sur le tombeau de Pierre de Luxembourg. Ses paroles furent accueillies avec bonheur par les pauvres parents ; et au même instant ils vouèrent leur enfant au Bienheureux cardinal. Ils achevaient à peine leur prière, que le corps de leur fils commençait à faire quelques mouvements; insensiblement il revint à la vie, et avant la fin du jour il était complétement rendu à la santé.

Une femme de Châteaurenard, en Provence, avait assisté aux funérailles du Bienheureux; de retour chez elle, elle n'eut rien de plus pressé que de raconter à son mari toutes les merveilles dont elle avait été témoin, et surtout la guérison subite d'une personne qui avait le bras paralysé; mais cet homme incrédule se moqua d'elle et la traita de *folle* et de *visionnaire*. Le lendemain à son réveil, il se trouva lui-même paralysé de tous ses membres, ne pouvant faire aucun mouvement, et souffrant les douleurs les plus aiguës, ce qui le mit dans un état d'exaspération épouvantable: il jurait et blasphémait contre Dieu et ses saints. Cependant huit jours après il commença à rentrer en lui-même, et il finit par comprendre que son mal venait de son incrédulité. Touché de repentir, il demanda pardon à Dieu de ses blasphèmes et des injures qu'il avait proférées contre lui, et il promit, s'il guérissait, d'aller prier sur le tombeau du cardinal. Après cette prière, il se sentit soulagé; il voulut partir le même jour pour Avignon. Lorsqu'il fut arrivé auprès des reliques du Bienheureux, il se trouva parfaitement guéri.

La même année, un vieillard octogénaire, du village de Sivergues (diocèse d'Apt), en invoquant la protection de Pierre de Luxembourg, recouvra la vue qu'il avait perdue depuis plus de quinze ans.

Quelques mois après, Romaine Boiran, de Caderousse (diocèse d'Orange), étant allée prier sur le tombeau du Bienheureux, fut guérie de la fièvre quarte qui la tourmentait depuis six mois.

Dix jours environ après la mort du Bienheureux, la veuve de Jacques Roland, cultivateur d'Aurel (diocèse d'Apt), tomba malade et devint entièrement aveugle. Son frère, qui demeurait à Avignon, vint la voir; il lui parla de Pierre de Luxembourg, et l'exhorta à lui demander sa guérison. La veuve agréa le conseil de son frère; alors celui-ci mit sur les yeux de sa sœur une parcelle du cercueil du bienheureux, qu'il avait prise au moment où le peuple avait exhumé le corps du cardinal et s'en était partagé le suaire et le cercueil; en quelques instants la vue et la santé furent rendues à la malade. Elle ne songea point à rendre grâce à son céleste bienfaiteur; Dieu, pour la punir de cette ingratitude, permit que ses yeux se fermassent de nouveau à la lumière, et il ne lui rendit la vue que quand elle vint à Avignon prier auprès des reliques de Pierre de Luxembourg.

En 1388, Guillelmine, femme de Robert, marchand tanneur d'Avignon, mit au monde une fille morte. A la vue du corps inanimé de son enfant, la pauvre mère perdit connaissance ; Robert, non moins affligé, mais cependant plus maître de lui-même, se jeta à genoux, et s'écria en pleurant : *O mon Dieu, un de mes enfants sera donc mort sans baptême !* Se rappelant alors les prodiges attribués déjà à l'intercession de Pierre de Luxembourg, il se met à l'invoquer avec une vive confiance. Au même moment, l'enfant qui, depuis une heure qu'elle était née, ne donnait aucun signe de vie, poussa un léger cri, et se prit ensuite à pleurer. Le pieux Robert, transporté d'allégresse, courut aussitôt au cimetière Saint-Michel pour remercier son céleste protecteur de sa puissante assistance. Le lendemain, il porta sa fille à l'église Saint-Didier, où elle fut baptisée ; elle vécut et parvint à une vieillesse avancée.

La même année, Jacques Guigou, de Sisteron, qui depuis trois ans était complétement muet, vint faire le pèlerinage au tombeau de notre Bienheureux ; à peine mettait-il le pied dans l'intérieur de la ville, que sa langue se déliait et l'usage de la parole lui était rendu.

La même année aussi, un enfant, âgé de 14 ans, du village de la Motte-d'Aigues, près Pertuis, recouvra, sur le tombeau du Bienheureux, l'usage de l'ouïe dont il était privé depuis l'âge de trois ans.

Peu après, un religieux de l'ordre des Antonins, du couvent d'Aiguilles (diocèse de Valence), perclus de tous ses membres, vint à Avignon implorer l'assistance du saint cardinal; il fut si complétement remis, qu'il laissa ses deux béquilles sur le sépulcre du Saint, comme un souvenir de sa guérison.

La femme d'un laboureur de l'Isle (diocèse de Cavaillon), était allée aux travaux de la campagne, emportant avec elle sa petite fille Rixende, à peine âgée de deux ans. Pour n'être pas embarrassée dans son travail, elle fit asseoir son enfant sur le gazon, à l'ombre d'une haie, tout près de la Sorgue qui baignait son champ. Rixende, ayant fait quelques mouvements, roula dans la rivière et fut emportée par le courant. A l'heure du repas, la pauvre mère vint chercher son enfant; ne la voyant plus, elle devina aisément le malheur qui lui était arrivé; elle se mit à courir sur la rive, poussant des cris lamentables et cherchant de tout côté sa petite Rixende. Tout-à-coup elle aperçoit, arrêté au milieu des racines et des hautes herbes qui pendent du rivage, le cadavre meurtri et défiguré de son enfant. Elle le tire aussitôt de l'eau, et, l'ayant déposé dans le champ voisin, elle invoque à haute voix le crédit et l'assistance de Pierre de Luxembourg. Aussitôt l'enfant commença à remuer et à agiter ses petites mains : elle était rendue à la vie.

Sur la fin de 1387, André Turvi, notaire du village d'Albie en Savoie, eut un fils qu'il appela Pierre, par dévotion au Bienheureux cardinal. Quelques jours après sa naissance, l'enfant fut trouvé étouffé dans son berceau. Turvi et sa femme étaient des personnes d'une piété éminente ; à la vue du malheur qui leur arrivait, ils se jetèrent à genoux, et cherchèrent dans la prière un adoucissement à leur douleur. Ils s'adressèrent au patron de leur enfant, le priant ardemment d'obtenir de Dieu sa résurrection. Leur prière fut exaucée immédiatement, et l'enfant, revenu à la vie, fut, quelques jours après, porté à Avignon, par ses pieux parents, au tombeau de son puissant Patron.

Michel Chamand, aubergiste de Laudun, près Bagnols en Languedoc, avait été faussement accusé d'un grand crime. Il eut beau protester de son innocence, la maréchaussée s'empara de lui et l'écroua pieds et poings liés dans les prisons de Villeneuve lès-Avignon. Il fut condamné bientôt au dernier supplice. Dans cette extrémité, le malheureux Michel eut recours à l'intercession de notre Bienheureux; aussitôt les fers qui chargeaient ses mains et le retenaient à la muraille de son cachot se rompirent d'eux-mêmes et tombèrent à ses pieds. Plusieurs soldats qui le gardaient à vue furent témoins de ce prodige; ils coururent en avertir les magistrats et les juges, qui mirent aussitôt Michel en liberté, disant qu'il ne saurait être coupable, puisque le ciel venait de se déclarer si hautement en sa faveur.

Un terrible incendie éclata à Genève dans les premiers jours de l'année 1388 : les flammes avaient dévoré douze maisons et menaçaient les rues voisines, malgré les efforts multipliés des habitants; aussi l'abattement et le désespoir glaçaient tous les courages. Au milieu de la consternation générale, Jean Vianay, chanoine de Saint-Martin de Lausanne, conserva son sang-froid et sa présence d'esprit, bien que sa propre maison fût située au milieu de celles que dévorait l'incendie. Plein de vénération pour la mémoire de Pierre de Luxembourg dont il avait entendu célébrer les vertus et la puissance, il le supplie d'éteindre les flammes, et fait vœu de venir en pèlerinage à Avignon. Il n'eut pas plutôt prononcé sa prière, qu'une pluie torrentielle vint éteindre l'incendie; et il y eut encore cela de remarquable, que la maison de Jean Vianay fut entièrement respectée par les flammes qui l'entouraient de tous les côtés.

Nous nous arrêtons : il faudrait plusieurs volumes pour raconter tous les miracles obtenus par l'intercession de notre Bienheureux; il n'est sorte de prodiges qu'il n'ait opérés : Dieu semble en quelque façon lui avoir communiqué sa toute-puissance. Aussi Philippe de Maizières, dont nous avons eu à parler dans le cours de cet ouvrage, ne craint pas de dire, dans un discours qu'il adressa au roi de France : *Dieu a fait et fait continuellement tant et de si grands miracles, par l'innocent cardinal de Luxembourg, qu'ils suffiraient pour les apôtres de Jésus-Christ.* Et le célestin Malet, envoyant aux Bollandistes la copie authentique du procès de béatification, leur écrivait ces paroles, que les savants jésuites d'Anvers n'ont pas fait difficulté de reproduire et de citer : *Si Dieu est admirable dans ses saints, on peut dire qu'il l'est principalement dans ce Bienheureux jeune homme, dont l'intercession opère chaque jour des miracles si grands et si nombreux, qu'aucun saint, depuis les apôtres, n'en a opéré de pareils et en aussi grand nombre.*

Passons ces pieuses exagérations à ces historiens du Bienheureux, en faveur des bienfaits signalés et multipliés que les malheureux et les affligés retiraient de sa protection.

CHAPITRE IX.

La canonisation de Pierre de Luxembourg est demandée à Martin V et au concile de Constance. — Fondation d'une église sur son tombeau. — Miracle de la tour de Trouillas. — On demande encore sa canonisation au concile de Bâle. — Clément VII le béatifie. — Lettre apostolique qu'il donne à cette occasion.

Le caractère et les préoccupations de Pierre de Luna, qui fut le successeur de Clément, ne permirent guère de poursuivre l'affaire de la canonisation de Pierre de Luxembourg ; cependant, malgré les malheurs de l'époque et les troubles qui éclatèrent dans nos contrées à l'occasion du schisme, la dévotion des peuples envers notre Bienheureux se soutint toujours, et le concours des fidèles à son tombeau fut loin de diminuer. L'historien Froissard, attiré par le bruit des miracles qui s'y opéraient et par la renommée de l'affluence des pèlerins, voulut, lui aussi, accomplir ce pieux pèlerinage. Le fameux Jacques de Lalain y apporta ses offrandes; le comte de Valence y déposa de grandes lampes, et le seigneur de Caux un calice, une croix en argent et des ornements brodés d'or. Jean Galéas, duc de Milan, dont le père avait si généreusement contribué à la fondation du monastère des Célestins, obtint, par l'intercession du Bienheureux, la guérison de son fils aîné; en reconnaissance, il vint en personne à Avignon suspendre, au-dessus du sépulcre du cardinal, une statue en argent massif.

Ainsi la voix du peuple et celle des grands canonisait celui que les calamités du temps empêchaient de mettre solennellement et suivant les rites au nombre des Bienheureux. Mais le schisme allait avoir un terme : l'Eglise catholique s'était assemblée en concile œcuménique à Constance; elle avait accepté la démission des divers prétendants au siége de Saint-Pierre, et, le 11 novembre 1417, elle avait posé la triple couronne sur la tête de Martin V, appelé, avant son élection, Odon des princes Colonna.

On crut alors que la paix, qui venait d'être rendue à la catholicité, permettrait de mener à bonne fin les travaux déjà si avancés de la canonisation de Pierre de Luxembourg. L'évêque d'Avignon, Guy du Boscage, députa, en 1417, à

Constance, Jean Antheri, François Bertrandi, Jean de Comis et André de Villars, pour supplier le pape d'ordonner la reprise du procès de béatification; les consuls d'Avignon, de leur côté, rédigèrent une requête semblable, et chargèrent le cardinal du Mans et Mgr Antoine de Castro, archidiacre de Lodève, de la présenter à Martin V; le roi de France fit encore solliciter la même grâce par ses ambassadeurs. Le souverain pontife s'empressa de satisfaire des désirs si pieux et si justes : dès les premiers jours de l'année suivante, il délégua, pour continuer les informations canoniques sur les vertus et les miracles du jeune Pierre, trois des cardinaux présents à Constance; l'un d'eux était Pierre d'Ailly, alors évêque de Cambrai, le même qui plaidait avec tant d'ardeur et d'éloquence la cause du Bienheureux quelques années auparavant. Mais les travaux du concile ne permirent pas aux éminents prélats de s'occuper longtemps de cette affaire; sur leur demande, le Saint Père les remplaça par une commission, dont les évêques d'Avignon, de Paris et de Genève, faisaient partie avec le doyen de la collégiale de Saint-Pierre d'Avignon et le prévôt du chapitre de Saint-Didier de la même ville. Sur ces entrefaites, arriva à Constance le P. André de Borvilla, procureur des Célestins d'Avignon; ce religieux était chargé de soumettre, aux Pères du concile, les actes du procès de béatification qui avaient été dressés en 1390, et dont l'évêque Guy du Boscage venait de faire écrire une copie authentique; il était en outre porteur d'une supplique adressée à Sa Sainteté, par la congrégation des Célestins de France, à l'effet de demander la canonisation de notre Bienheureux. Il avait été devancé par les lettres du dauphin Charles et par celles de Jean, duc de Bourgogne; ces princes, qui étaient assez proches parents de Pierre de Luxembourg, suppliaient le pape de le mettre enfin sur les autels.

Tant d'instances et de sollicitations auraient été couronnées d'un plein succès, si une guerre acharnée et opiniâtre ne fût venue se déclarer entre la France et l'Angleterre, et jeter notre patrie dans un affreux bouleversement. Néanmoins, au milieu des désastres et des calamités de cette époque, le nom et la mémoire de Pierre de Luxembourg ne tombèrent point dans l'oubli : les pèlerins ne cessèrent pas d'affluer à son tombeau, si bien qu'en 1421, la chapelle en bois, dont Marie de Bretagne l'avait fait environner, ne pouvant plus contenir la foule des dévots visiteurs, on résolut de la remplacer par une grande église. Jean Galéas, duc de Milan, et Louis de Montjoie ou Montjoyeuse, neveu de Clément de Genève, donnèrent chacun une somme de 1500 florins d'or (1) pour la bâtir; le roi de Sicile se chargea des autres frais de construction; mais les travaux de la canonisation restèrent au même point. Ce ne fut que onze ans plus tard, qu'à l'occasion d'un miracle des plus éclatants, on songea, pour la troisième fois, à les reprendre.

L'an 1432, sous le pontificat d'Eugène IV, en la ville d'Avignon, un jeune garçon, âgé de dix à douze ans environ, était monté, avec quelques uns de ses compagnons, sur la tour de Trouillas, la plus haute du palais des Papes, pour y chercher des nids d'oiseaux. Il s'avança un peu trop sur le couronnement de la tour, le pied lui manqua, et il tomba contre une des gargouilles qui s'avançaient hors de la muraille, puis il alla se briser sur les rochers qui servent de fondements à la tour. Le peuple accourut en hâte sur le lieu du malheur; le père infortuné de l'enfant, surmontant la douleur de son âme, se jette à genoux, levant les yeux au ciel : *Pierre de Luxembourg*, s'écrie-t-il, *venez à mon aide!* Il se relève, ramasse les os et les lambeaux de chair de son fils, les met dans un sac, et, les ayant chargés sur ses épaules, se dirige vers l'église

(1) Le florin d'or dont il est ici parlé était le florin dit *de Jean XXII*; il valait 22 sols de la monnaie d'alors, ou 11 francs 25 centimes de notre monnaie actuelle.

des Célestins. Là il dépose, sur le tombeau du Bienheureux, son triste fardeau, et se tournant vers la foule qui l'a suivi, il la conjure à haute voix, au nom de la charité chrétienne, de prier pour la résurrection de son fils. Pendant ce temps, les Pères Célestins arrivent au pied de l'autel ; ils commencent à implorer l'assistance du Bienheureux. Tout-à-coup, au milieu du recueillement universel, on voit le sac s'agiter, puis se dresser, et l'enfant en sortir plein de vie et s'écriant : *Etienne, Etienne, je ne puis saisir le nid.* Qu'on juge de l'enthousiasme qui transporta le peuple et surtout le père de l'enfant à la vue de ce prodige ! On se répand dans la ville en chantant des cantiques d'actions de grâces et en proclamant la puissance du Bienheureux.

L'Eglise entière apprit bientôt la relation de ce miracle et en fut dans l'admiration. De tous les côtés on s'adressa au concile général qui était alors réuni à Bâle pour la réformation des mœurs, et l'on demanda aux Pères de cette assemblée une déclaration authentique et solennelle de la sainteté du Bienheureux thaumaturge. Le roi de France, le légat et l'évêque d'Avignon, les consuls de cette ville, l'archevêque de Lyon, le cardinal de Rouen, l'abbé général de l'ordre de Cîteaux, l'Université de Paris, mirent le plus grand empressement à terminer cette affaire ; la famille de

Luxembourg prit à sa charge tous les frais et toutes les dépenses. Mais la rupture du concile de Bâle, occasionnée par la mésintelligence qui éclata entre les Pères de cette assemblée et le souverain Pontife, vint encore paralyser tous les efforts et retarder pour longtemps cette canonisation.

Le peu de succès qu'avaient eues toutes les instances, toutes les demandes, toutes les sollicitations que dans ce but l'on avait faites tant de fois auprès du Saint Siége, découragea les personnes qui s'y étaient intéressées; on ne songeait plus à s'en occuper, lorsque, près d'un siècle après, au moment où l'on s'y attendait le moins, le pape Clément VII (de Médicis), suffisamment informé par son légat à Avignon de la sainteté de Pierre de Luxembourg et de ses innombrables miracles, donna les lettres apostoliques de béatification dont la teneur suit :

A NOS CHERS FILS, LE PRÉVOT ET LES CHANOINES DE L'ÉGLISE MÉTROPOLITAINE D'ARLES, ET LE PRIEUR ET LES FRÈRES DE LA MAISON DES CÉLESTINS D'ÉTROITE OBSERVANCE DE NOTRE VILLE D'AVIGNON,

CLÉMENT VII, PAPE.

Chers fils, salut et bénédiction apostolique. Ainsi que Nous l'avons appris, déjà depuis longtemps la dévotion des fidèles de Jésus-Christ se fait remarquer, principalement dans notre ville d'Avignon, envers Pierre de Luxembourg, et dans celle d'Arles envers Louis Allemand (1), cardinal de la sainte Eglise Romaine et archevêque d'Arles, dont les corps reposent respectivement, celui de Louis dans l'église d'Arles, et celui de Pierre dans votre monastère. Et ce n'est pas seulement le peuple desdites villes, mais encore ceux des autres contrées dont la multitude accourt et se presse pour les invoquer comme leurs véritables défenseurs, protecteurs, avocats et intercesseurs auprès de Dieu, au milieu des tempêtes et des agitations de ce siècle périssable. D'après le témoignage de personnes dignes de foi, ils furent, selon la mesure de leurs forces, les imitateurs de Notre Seigneur Jésus-Christ. Il ne faut pas s'étonner si le Sauveur se plaît chaque jour à accorder à leurs prières, pour tous ceux qui les invoquent, son secours et son assistance, par des miracles et par la guérison des maux et des douleurs.

(1) Louis Allemand ou Alleman naquit à Saint-Geoire en Savoie, diocèse de Genève, vers l'an 1390. Il appartenait à une illustre famille ; son père était seigneur du Bugey. Il fut nommé archevêque d'Arles, cardinal et vice-camerlingue de la sainte Eglise Romaine. Homme d'une instruction peu commune, il présida quelque temps le concile de Bâle, et fut ensuite légat du Pape en Allemagne. Dans tous ces postes éminents auxquels l'appela la confiance des Souverains Pontifes sous lesquels il vécut, on put admirer ses vertus ; sa patience surtout et sa résignation brillèrent d'un vif éclat au milieu des tribulations qui vinrent l'assaillir sur la fin de ses jours. Il mourut à Salon, ville de son diocèse d'Arles, en 1450.

Nous avons en effet appris que Pierre, dès son enfance, et Louis ont mené tous les deux sur la terre une vie chaste, virginale et sans tache ; qu'ils ont rendu leurs âmes pures à leur Créateur, Pierre dans la 17e année de son âge, et Louis dans la 60e, comme il est rapporté dans les annales de leur vie, après avoir foulé aux pieds les attraits de ce monde, malgré leur noble origine ; qu'ensuite, René, d'illustre mémoire, roi de Sicile et de Jérusalem, ému, avec tous les fidèles de Jésus-Christ, de la grandeur de leurs miracles, de la régularité de votre observance et des mérites de votre vie exemplaire, avait rétabli et fait reconstruire à grands frais vos églises, votre maison (1), votre monastère ; et qu'enfin vous-mêmes, touchés des vertus remarquables et nombreuses que l'on rapporte des mêmes Pierre et Louis, des jeûnes, des oraisons, des veilles, et autres œuvres agréables à Dieu, qu'avec l'assistance de la grâce ils ont faites durant leur vie, et qui font pieusement présumer qu'ils ont été admis aux rangs des Bienheureux, vous souhaitez que leurs corps, reposant, comme on le dit, dans des lieux souterrains et humides de vos églises, soient transportés en des endroits plus décents, toujours dans

(1) Il eût été trop long de rapporter ici tous les témoignages de respect que le bon roi René paya à la mémoire vénérée de Pierre de Luxembourg. Qu'il nous suffise de dire que le couvent des Célestins d'Avignon était son monastère de prédilection, qu'il en fut un des plus insignes bienfaiteurs ; il y fonda des places pour douze religieux, sans parler des biens-fonds dont il l'enrichit et des richesses dont il accrut le trésor de la chapelle de notre Bienheureux et celui de la grande église.

l'enceinte des mêmes églises, et, en outre, que les mêmes Pierre de Luxembourg et Louis Allemand, dont les fidèles, depuis longues années, ont accoutumé de se procurer les images, puissent recevoir le culte et la vénération dus aux Bienheureux.

A ces causes, Nous, sur les instances de Notre vénérable frère, François de Clermont, évêque de Tusculum, cardinal de la sainte Eglise Romaine, Notre légat *à latere* dans vos contrées, vivement affectionné lui-même auxdits Pierre et Louis, est venu en votre nom Nous supplier de condescendre, avec la bénignité apostolique, à vos pieux et si justes désirs selon le devoir de Notre ministère pastoral;

Nous qui, autant que nous le pouvons avec la grâce de Dieu, excitons volontiers tous les fidèles, ceux surtout qui servent le Seigneur sous le joug de la sainte religion, à la dévotion et à la vénération des Bienheureux, afin qu'ils puissent devenir leurs imitateurs, Nous condescendons dans cette affaire à vos vœux si pieux, attendu qu'ils proviennent de la grande ferveur de votre dévotion.

Et en vertu de Notre autorité apostolique et dans la plénitude du pouvoir des Apôtres, Nous vous accordons pareillement et Nous vous permettons, par la teneur des présentes, de transporter les corps et ossements des mêmes Pierre et Louis desdits souterrains en des places plus convenables dans vos églises, de les y placer avec respect, et d'avoir, tant vous que les autres chrétiens de l'un et de l'autre sexe, pour votre consolation spirituelle et la leur, la faculté et le pouvoir de les vénérer pour Bienheureux dans vos églises et chapelles, sans encourir par là quelque démérite, ou vous rendre coupables d'idolâtrie, ou avoir des scrupules de conscience.

Nous n'entendons pas cependant que les mêmes Pierre et Louis soient inscrits pour cela au catalogue des saints canonisés : il faut attendre que les solennités de rigueur aient été accomplies, et que l'on procède à leur canonisation définitive, nonobstant les constitutions et ordinations apostoliques et tous autres règlements contraires.

Donné à Rome, auprès de saint Pierre, sous l'anneau du pêcheur, le neuf avril de l'année mille cinq cent vingt-sept, la quatrième de Notre pontificat.

J. cardinal SADOLET.

Place du sceau.

CHAPITRE X.

Exhumation et première translation du corps du Bienheureux. — Seconde translation. — On chôme sa fête à Avignon. — Urbain VIII permet de réciter son office. — Sa mémoire est honorée en plusieurs endroits. — Profanation de ses reliques. — Troisième translation.

La réception de ces lettres apostoliques au couvent des Célestins et leur publication solennelle dans l'église de ces religieux, transportèrent d'allégresse la ville d'Avignon tout entière ; et il fut décidé que l'on procèderait immédiatement à l'exhumation du *corps saint ;* car depuis longtemps déjà le peuple désignait sous ce nom les reliques du Bienheureux. Panneton, provincial des Célestins de France ; Larben, prieur de leur couvent d'Avignon ; Barthélemi Castellani, archidiacre de l'église métropolitaine ; Laurent de Salle, doyen du chapitre de Villeneuve, et Jean de Fabia, grand-chantre de la collégiale de Saint-Didier, furent nommés commissaires par le cardinal de Clermont pour lever de terre les précieuses reliques. Le 23 juillet, ils se rendirent dans l'église du Bienheureux, et là, en présence de Mgr Antoine de Castro, vice-gérant, des consuls de la ville, du docteur Meruli et des notaires publics, George Savorey et Matthieu Dalmati, ils firent creuser la terre à l'endroit que la dévotion du peuple désignait comme le tombeau du cardinal. Au bout de quelques instants et à peu de profondeur, les fossoyeurs rencontrèrent la caisse qui renfermait les sacrés ossements : la fosse fut immédiatement fermée par des planches que Mgr le vice-gérant scella de son propre sceau. Le lendemain, les commissaires descendirent eux-mêmes dans la fosse et en retirèrent le saint corps (1); ils ouvrirent immédiatement le cercueil, prirent les reliques, et, les ayant lavées dans un mélange d'eau et de vin, ils les placèrent dans une caisse de bois de cyprès, qui était déposée sur l'autel de la chapelle de la Croix, dans la grande église du monastère. Le 2 août sui-

(1) A l'endroit où le corps de notre Bienheureux reposait, se trouva une source d'eau vive qui est encore aujourd'hui en forme de puits, l'eau de laquelle guérit de plusieurs sortes de maladies particulières, des fièvres, hydropisie et jaunisse, et plusieurs autres par l'intercession du Bienheureux. (Martin Bourey. *Vie du Bienheureux, etc.*)

vant, Mgr le cardinal de Clermont, accompagné de Jean Nicolaï, évèque d'Apt et vice-légat d'Avignon, de Louis de Joyeuse, évêque de Saint-Flour, d'Antoine de Tende, évêque et comte de Beauvais, et de Louis Albe, abbé mitré des Bénédictins de Villeneuve, transporta, avec pompe et en présence d'un peuple nombreux, les reliques du Bienheureux de la chapelle de la Croix au maître-autel de l'église qui renfermait son tombeau. Le P. Panneton, assisté du prieur de Gentilly et du sous-prieur d'Avignon, célébra la sainte Messe, à l'issue de laquelle, pendant qu'on chantait un *Te Deum* solennel en actions de grâces, le cardinal exposa les sacrées reliques à la vénération des fidèles. Puis il en sépara la tête et enferma le reste du corps dans un coffre de plomb qu'il scella et plaça lui-même sous l'autel, derrière une plaque de bronze, sur laquelle on lisait ces vers latins :

Hoc colitur templo, tegitur simul aurea virtus,
Clara Lucemburgi, proles, nitidissima merces
Orbis et unus honos, mortali corpore cœlum,
Transfertur meritis Petrus inter numina numen,
Annis millenis sepelitur sicque trecentis,
His septem jungas, octoginta superaddas,
Et quinta julii, florens virtutibus altis,
Assiduo populo veneratur quolibet anno.

« C'est dans ce temple qu'est honoré et repose une éclatante lumière, l'illustre descendant des Luxembourg, brillante récompense et seul honneur du monde ; ciel transporté dans un corps mortel, saint par ses mérites au milieu des saints, Pierre, remarquable par ses hautes vertus, a été enseveli ici le 5 juillet 1387. Le peuple vient en foule le vénérer chaque année. »

Soixante-dix ans après cette première translation (1), Mgr Jean François Bordini, de l'oratoire de Saint-Philippe de Néri, évêque de Cavaillon et vice-légat d'Avignon, voulut changer l'autel sous lequel reposait le corps du Bienheureux. Le 3 novembre 1597, en présence des consuls et des principaux magistrats de la ville, il transporta les reliques au maître-autel de l'église des Célestins, où il les déposa dans une châsse d'argent. Le 14 janvier de l'année suivante, il les reporta solennellement à l'église du Bienheureux, qu'il venait de faire décorer avec soin, et dans laquelle il avait fait construire, au dessus du tombeau du Bienheureux, un maître-autel monumental (2). La cérémonie de cette seconde trans-

(1) En 1579, le cardinal de Bourbon, légat d'Avignon, demanda à son collègue dans la légation, le cardinal Georges d'Armagnac, archevêque d'Avignon, une relique de notre Bienheureux. Georges d'Armagnac ne voulant pas briser les sceaux qui fermaient le tombeau, fit céder, par les Célestins au co-légat, le bonnet de nuit violet de Pierre de Luxembourg ; le cardinal de Bourbon le plaça dans la chapelle du palais des papes, où il est resté exposé à la vénération publique jusqu'à la Révolution française.

(2) Voici la description de cet autel ; nous l'écrivons soit d'après les récits des vieillards, soit d'après un ancien tableau

lation se fit avec la plus grande pompe ; les chanoines de l'église métropolitaine et ceux de Saint-Didier, les Pères célestins, les Pères jésuites, les consuls et les premiers personnages de la ville y assistaient ; les reliques furent portées par quatre prêtres revêtus de dalmatiques blanches et marchant nu-pieds. Mgr Bordini, avant de faire descendre le corps du Bienheureux dans la crypte qu'il lui avait fait préparer, l'offrit à la vénération du peuple et en détacha un os de la jambe avec quelques autres parcelles. Il conserva, pour la chapelle du palais archiépiscopal, l'os de la jambe, et fit distribuer les autres parcelles aux Pères célestins, aux Pères jésuites, aux consuls, aux prévôts de la métropole et à celui de Saint-Didier.

qui représente le tombeau du Bienheureux. Cet autel monumental contrastait, par ses ornements en style renaissance, avec les arcs en tiers point, les travées et les meneaux gothiques du reste de l'église ; il était élevé de quatre mètres au moins au dessus du sol ; il était surmonté d'une espèce de demi-dôme que soutenaient quatre colonnes à chapiteau corinthien ; la muraille à laquelle il était adossé était couverte d'un riche placage grec duquel se détachait une belle toile représentant le Bienheureux. On arrivait à l'autel par deux escaliers à rampes, l'un à droite, l'autre à gauche, à peu près comme au maître-autel du sanctuaire de Notre-Dame des Lumières, près Goult (Vaucluse). Entre ces deux escaliers, s'ouvrait une petite chapelle à moitié souterraine et voûtée en ogive ; c'était là qu'étaient déposées les reliques ; l'entrée en était fermée par une élégante grille en fer. Devant l'autel brûlaient nuit et jour treize lampes d'argent, dont l'entretien avait été fondé par Waléran, frère du Bienheureux, et Jeanne, sa sœur.

La solennité et la pompe de cette fête ne servirent qu'à exciter davantage la dévotion des Avignonais envers le Bienheureux. Les consuls, quelque temps après, le choisirent pour le second patron de la ville. Pierre de Luxembourg eut pour agréable ce témoignage de pieuse gratitude que lui donnait, d'une manière si éclatante, la cité tout entière par l'organe de ses magistrats. De nouveaux miracles, opérés surtout en faveur d'habitants d'Avignon, le montrèrent assez. C'est alors que le même Mgr Bordini, devenu archevêque d'Avignon, se rendit l'interprête de la reconnaissance publique, et combla les vœux de sa ville métropolitaine, en ordonnant que, le 5 juillet, jour anniversaire de la sépulture du Bienheureux et du miracle insigne de 1432, serait célébré comme les jours de fête chômées dans le cours de l'année. A cette occasion, le vice-légat rendit le décret suivant :

PAR MANDEMENT D'ILLUSTRISSIME ET RÉVÉRENDISSIME CHARLES CONTI, ÉVÊQUE D'ANCÔNE, VICE-LÉGAT ET GOUVERNEUR-GÉNÉRAL POUR NOTRE SAINT PÈRE LE PAPE DE LA LÉGATION D'AVIGNON,

Le prieur et les religieux du couvent des Célestins de cette ville d'Avignon l'ayant demandé instamment, par l'intermédiaire de l'avocat et du procureur-général de Sa Sainteté dans ladite ville et légation, le Révérendissime Jean-François Bordini, archevêque dudit Avignon, a ordonné que la fête du Bienheureux Pierre de Luxembourg, qui tombe mercredi prochain 5 de ce mois, serait observée et célébrée dans cette ville à *l'instar* des autres fêtes de précepte que l'on a coutume de célébrer.

C'est pourquoi il est enjoint et ordonné à tous, de quelque rang ou dignité qu'ils soient, sans excepter personne, de sanctifier, observer et célébrer ladite fête selon la prescription de mon dit seigneur l'Illustrissime Archevêque, en fermant les boutiques et faisant cesser tout travail des mains, de la même manière, en un mot, que l'on est tenu de faire pour toutes les autres fêtes de précepte, sous peine d'encourir une amende à l'arbitre de mon dit seigneur l'Illustrissime Vice-Légat.

Donné à Avignon, au palais apostolique, le 3 juillet 1600.

CHARLES CONTI. SIFFREDI.

Depuis lors, le 5 juillet devint en quelque sorte, pour la ville d'Avignon, la fête des fêtes. Ce n'était, depuis la veille jusqu'au soir de ce jour, qu'une longue série de réjouissances religieuses : trois panégyriques du Bienheureux étaient prononcés devant son tombeau ; celui de la première messe était fait en langue provençale pour l'intelligence du peuple ; à la grand'messe, le professeur de réthorique du collége des jésuites faisait, en latin, un discours sur les vertus et les miracles du cardinal, en présence du vice-légat, des consuls et de toute la jeunesse des écoles de la ville ; le soir, immédiatement après les vêpres, un sermon français était adressé à la foule qui se pressait sur les pas de l'archevêque, dans l'église du Bienheureux. Les Pères célestins portaient processionnellement, à la tombée de la nuit, autour de leur monastère, la tête de Pierre de Luxembourg, qu'en 1609 on mit dans un buste d'argent ; ils étaient précédés par la pieuse et royale confrérie des pénitents blancs, qui venaient se joindre à eux dans cette solennité ; les feux d'artifices, les feux de joie, les décharges de mousqueterie couronnaient la fête.

En 1639, le pape Urbain VIII, à la requête des consuls et des Célestins d'Avignon, permit à ces religieux de réciter l'office du Bienheureux ; il leur adressa ce bref :

URBAIN VIII, PAPE.

POUR QUE LA MÉMOIRE EN SOIT ÉTERNELLE,

Tenant ici-bas, malgré Notre indignité, la place de Notre Seigneur Jésus-Christ qui récompense aux cieux ses serviteurs dans la gloire éternelle, Nous sommes obligé, par les devoirs de Notre charge pastorale, d'étendre davantage, de jour en jour sur la terre, le culte qui est dû à ces mêmes serviteurs de Jésus-Christ, et de faire ainsi louer le Seigneur dans ses saints. Voilà pourquoi lorsque Nous en voyons dans le Seigneur le salutaire avantage, Nous acquiesçons aux vœux de tous les fidèles, et surtout de ceux qui servent le Très-Haut sous le doux joug de la religion, relativement au culte particulier à rendre à ces mêmes serviteurs de Jésus-Christ.

Or, Nos bien-aimés fils les consuls de Notre ville d'Avignon et le prieur et les moines du monastère de la congrégation des célestins de l'ordre de Saint-Benoît de ladite ville, gouverné par un prieur claustral, et appelé du Bienheureux Pierre de Luxembourg, Nous ont fait exposer dernièrement qu'ils désirent que l'on puisse réciter l'office du Bienheureux, attendu leur dévotion particulière, et afin d'augmenter aussi la dévotion des fidèles pour le Bienheureux dont les reliques sacrées sont conservées dans l'église dudit monastère; et ils Nous ont fait humblement supplier de daigner, dans Notre bienveillance apostolique, leur octroyer cette permission.

Nous donc, voulant satisfaire aux vœux pieux desdits consuls, prieur et moines, voulant leur départir des grâces et des faveurs toutes spéciales, les absolvant et les regardant comme absous de toutes sentences d'excommunication, suspension, interdit ou toute autre peine et censure ecclésiatiques, portées *a jure* ou *ab homine*, en quelque occasion ou pour quelque motif que ce soit, acquiesçant à leurs supplications du conseil de Nos vénérables frères les cardinaux de la sainte Eglise Romaine, préposés aux rites sacrées ; par la teneur des présentes, de Notre autorité apostolique, Nous accordons et permettons que le prieur et les moines dudit monastère, tant ceux de maintenant que ceux qui viendront après eux, puissent licitement et librement réciter, chaque année, le jour seulement de sa fête, en l'honneur du Bienheureux Pierre, l'office du commun des confesseurs non pontifes, suivant les rubriques du bréviaire romain. Nonobstant les constitutions et ordinations apostoliques, les droits et confirmations apostoliques ou autres desdits monastère et congrégation, les statuts et coutumes et les autres choses à ce contraires.

Donné à Rome, auprès de Sainte-Marie Majeure, sous l'anneau du pêcheur, le 30 mai de l'année 1629, de notre pontificat la 6e.

Place du sceau. M. A. MARALDI.

Avignon n'était pas la seule ville (1) où le culte du Bienheureux cardinal fût en honneur. Dans

(1) L'espace nous manque pour parler *in extenso* de la confrérie érigée dans l'église des célestins, le 11 janvier 1610, avec l'approbation de Mgr Etienne Dulci, dominicain, archevêque

tous les monastères des célestins le Bienheureux était invoqué d'une manière toute spéciale; à Paris surtout, où ces religieux possédaient ses écrits et son manteau (1); à Espinoy, en Belgique, au diocèse de Tournay, une chapelle, bâtie en son honneur, devint le pèlerinage le plus fréquenté du pays; à Barcelone, en Espagne, son culte était très-répandu; à Perpignan, les minimes conservaient, dans leur église, un de ses bras que leur avait envoyé le P. Dubois, célestin d'Avignon, et Dieu se servait de cette relique insigne pour accomplir un grand nombre de miracles. A Metz, on célébrait sa fête avec celle de tous les saints évêques du diocèse. Il était aussi honoré à Annecy, en Savoie. C'était dans l'église du Saint-Sépulcre de cette ville que fut élevé le premier autel en son

d'Avignon. Le même prélat obtint plus tard, du Saint Siége, des Indulgences et des Priviléges pour cette confrérie. Nous ne parlerons pas non plus de cette société de Saint-Pierre de Luxembourg, fondée dans les premiers jours du XVIIIe siècle, pour la sanctification des enfants du peuple, société qui existe encore dans notre ville, et dont un vénérable diacre, Jean Abbès, fut le sage législateur.

A Château-neuf du Pape, près Avignon, là où le Bienheureux eut une apparition, il y avait une chapelle rurale qui lui était dédiée, et dont on voit encore les ruines.

(1) Les célestins d'Avignon conservaient, dans leur trésor, la dalmatique, le chapeau rouge et son cordon avec les sandales du Bienheureux. Le manteau, que gardaient les célestins de Paris, était porté chez les malades, dont un grand nombre fut guéri en le touchant. Voyez la note K aux pièces justificatives.

honneur ; et l'on ne saurait douter que saint François de Sales n'eût puisé là, devant l'image de notre Bienheureux, cette tendre dévotion qu'il eut pour lui dès l'enfance (1). Peu de temps avant sa mort, vers le milieu du mois de novembre 1622, le saint évêque de Genève dut s'arrêter quelques jours à Avignon. « Il employa une partie de la journée du 24 novembre à visiter les églises ou lieux de dévotion qui sont aux environs d'Avignon, mais surtout l'église des célestins où reposent les reliques du Bienheureux cardinal Pierre de Luxembourg. Il prononça, à son honneur, un magnifique panégyrique, sans autre préparation que l'oraison qu'il avait faite devant le tombeau. On eut de la peine à le faire sortir de cette église : *Laissez-moi,* disait-il, *laissez-moi un peu auprès de cet illustre maître. Je n'ai jamais rien lu qui m'ait donné autant de confusion sur ma vocation ecclésiastique que la vie de ce jeune cardinal* (2). »

Le culte du Bienheureux était encore en grand honneur à Marseille : un autel lui était dédié dans l'église des Accoules de cette ville. On voyait aussi, hors la ville d'Arles, non loin du fa-

(1) Voyez la note L aux pièces justificatives.

(2) *Saint François de Sales peint par les Dames de la Visitation, ses contemporaines.* Lyon, Pélagaud. 1840.

meux cimetière des *Aliscans*, une chapelle bâtie sous son vocable. Mais sa mémoire était surtout en bénédiction à Ligny, lieu de sa naissance, et dans tous les fiefs de la maison de Luxembourg : les membres de cette illustre famille, non contents d'avoir donné leur Bienheureux parent pour premier et principal patron de leurs nombreux domaines, s'efforçaient d'étendre et d'encourager son culte (1).

Malheureusement, à la fin du dernier siècle, l'intolérance révolutionnaire fit cesser en un jour les hommages que depuis quatre cents ans les peuples rendaient aux sublimes vertus du jeune cardinal. Le vandalisme des septembriseurs, qui

(1) Les princes de la maison de Luxembourg eurent toujours en grand honneur le tombeau de leur Bienheureux parent; ils se faisaient un devoir d'y aller en pèlerinage, et lorsqu'ils ne pouvaient entreprendre ce pieux voyage, ils envoyaient à Avignon, en leur lieu et place, quelque personne de confiance pour y porter leurs vœux et leurs offrandes. André de Luxembourg, évêque de Cambrai, qui mourut en 1596, voulut que ses entrailles fussent enterrées à Avignon auprès du corps de son Bienheureux frère. Jean, son autre frère, mort en 1597, Jean le Terrible, fils du précédent, Léon d'Albert de Luynes, son arrière petit neveu, époux de Charlotte de Luxembourg, Jean de Brienne Luxembourg, évêque de Pamiers, élurent leur sépulture à côté du tombeau du saint cardinal. Vers 1624, le duc et la duchesse de Ventadour, qui appartenaient à la famille de Luxembourg, obtinrent de Mgr Marius Philonardi, alors archevêque d'Avignon, quelques fragments des os du Bienheureux, que le prélat s'était fait remettre par les Pères célestins.

avait osé déjà porter le marteau dévastateur sur le tabernacle du Saint des saints, ne recula point devant les monuments que la reconnaissance et la piété avaient élevés en l'honneur du Bienheureux thaumaturge.

Ces reliques vénérées furent, au moment de la suppression des religieux et de leurs monastères, transportées, du couvent des célestins, dans l'église paroissiale et précédemment collégiale de Saint-Didier, par l'abbé Meynet, qui, grâce à son serment constitutionnel, était devenu curé de cette paroisse. Cette translation se fit à la tombée de la nuit, à la lueur des lanternes; l'abbé Meynet la présidait, escorté de quelques personnes connues par leur irréligion. Il laissa le saint corps, pendant la nuit, dans une espèce de chapelle ardente qu'il avait disposée sous les arceaux du cloître capitulaire de Saint-Didier, derrière le puits; le lendemain, il les porta dans l'église et les plaça sous l'autel de Saint-Jean l'Evangéliste.

Mais les prêtres constitutionnels, qui s'étaient si indignement substitués aux prêtres fidèles, furent, à leur tour, chassés par cette révolution à laquelle ils avaient si honteusement prostitué leur ministère et leur conscience; il durent abandonner les églises qu'ils avaient envahies; la *Patrie en avait besoin* (c'était la formule usitée alors). L'église de Saint-Didier, vu l'insuffisance des prisons de la ville, fut changée en maison de détention ; on y entassa pêle mêle une foule de personnes de tout âge et de toute condition, que la justice de l'époque destinait à la commission révolutionnaire d'Orange. Parmi ces prisonniers, se trouvaient bon nombre de soldats réfractaires de la légion de la Corrèze, gens la plupart sans aveu et sans foi : ces malheureux se précipitèrent un jour (juin 1793) sur la châsse de notre Bienheureux ; ils l'ouvrirent et en tirèrent les saintes reliques qu'ils jetèrent par terre, en les faisant rouler dans toute la nef, en présence des détenus (1). Cependant, au milieu de tant de profanateurs sacrilèges, se trouvaient des hommes pleins de foi et de dévotion, dont tout le crime était leur fidélité à la religion de leurs aïeux. Trompant la vigilance de leurs geôliers et profitant des ténèbres de la la nuit, ces personnes pieuses parvinrent à soustraire presque en entier le corps de notre Bienheureux ; elles s'en partagèrent les

(1) La tête du Bienheureux était placée, comme nous l'avons dit, dans un buste d'argent ; le frère Jacques, sacristain du couvent des célestins, peu de jours avant la suppression de ce monastère, prévoyant que la richesse et le prix de ce reliquaire tenteraient la cupidité révolutionnaire, le brisa et en tira la tête, dont il partagea les os entre les diverses personnes pieuses qui contribuaient à l'entretien des diverses chapelles de l'église du couvent.

débris et les emportèrent au sein de leurs familles, lorsque la liberté leur eut été rendue. Depuis lors, les saintes reliques étaient dispersées de côté et d'autre, et l'Eglise d'Avignon n'avait plus que le nom et la mémoire de Pierre de Luxembourg à offrir à la vénération des fidèles.

Bien des fois on essaya de recueillir ses ossements sacrés, mais toutes les démarches faites dans ce but restèrent sans résultat satisfaisant. En 1846, des hommes recommandables par leur piété s'occupèrent de nouveau de cette affaire; après sept ans de recherches, ils sont parvenus à offrir à Mgr Debelay, archevêque d'Avignon, des portions assez considérables de ces reliques précieuses pour motiver des informations canoniques. Ces informations ont été couronnées d'un plein succès.

Ainsi reconnus et devenus authentiques, les restes vénérés du Bienheureux Pierre de Luxembourg n'avaient plus qu'à reprendre dans le lieu saint la place qu'ils n'auraient jamais dû perdre. Le premier jour de l'année 1854 fut fixé pour cette translation, qui vint dignement clôturer les exercices de la mission prêchée par les Pères capucins dans la ville d'Avignon.

Le samedi 31 décembre, veille de la solennité, vers cinq heures du soir, toutes les cloches des églises et des couvent élevèrent leurs voix au signal donné par celles de la métropole et du beffroi de l'hôtel-de-ville. Le lendemain, leurs joyeux carillons se mariaient dès l'aurore aux détonations guerrières de l'artillerie, et invitaient la population tout entière à saluer dans l'allégresse ce jour vraiment béni de Dieu; aussi de bonne heure tout le monde fut-il sur pied: de tous côtés on se mit à orner à l'envi, de riches tentures, de couronnes de lauriers, de guirlandes de buis entrelacées de fleurs artificielles, les rues que la procession devait suivre et celles en particulier qui avoisinent le grand séminaire. A midi et demi, la vaste cour d'honneur de cet établissement commençait déjà à recevoir dans son enceinte les premiers magistrats et l'élite de la cité. Peu après, Mgr l'Archevêque, assisté d'un nombreux clergé, la traversait pour se rendre à la chapelle où il devait faire lui-même la levée des reliques qui reposaient, entourées de flambeaux et de fleurs, sur un élégant autel dressé au milieu de la nef. Sa Grandeur, après quelques instants de prières devant les saints ossements, en remit le précieux dépôt à deux diacres qui, s'avançant lentement, les portèrent avec un religieux respect jusqu'au baldaquin triomphal. Alors le chœur entonna l'hymne *Iste Confessor*, et les tambours se mirent à battre aux champs.

A ce signal, la procession qui s'était organisée dans toute l'étendue de la rue Calade, commença à s'ébranler. Deux brigades de gendarmerie ouvraient la marche, suivies des sapeurs et des tambours de la compagnie des pompiers, puis venaient les quatre paroisses *intrà muros*, avec leurs diverses confréries et congrégations; derrière elles cinq cents chanteurs, accompagnés par la musique du 75e régiment d'infanterie de ligne, exécutaient en chœur, sous l'habile direction de M. l'abbé Bonaud, de Cavaillon, des cantiques composés pour la circonstance. Ils étaient suivis des trois confréries de pénitents, noirs, blancs et gris, et du noviciat des Frères des écoles chrétiennes. Une députation de cent élèves du collége des Pères jésuites et une autre de ceux du petit séminaire précédaient deux brancards portés par des lévites en aubes blanches ; sur le premier était posé le chapeau cardinalice avec le cordon du Bienheureux; sur le second étaient étalés, sous une gaze légère, sa dalmatique diaconale et ses sandales (1); autour du coussin sur lequel

(1) Lors de la vente des biens ecclésiastiques à Avignon, on avait transporté et réuni, dans une des salles de l'ancien palais archiépiscopal de cette ville, actuellement le petit séminaire,

était posé le chapeau, on voyait les armes du Bienheureux avec ces deux inscriptions: *Et purpura indumentum ejus. — Collocavit eum Dominus cum principibus populi sui.* Sur le brancard qui portait la dalmatique, on lisait sur deux écussons ces paroles empruntées aussi à la sainte Ecriture: *Stolam gloriæ induit eum. — Et erat impolluta via ejus.*

La communauté des Pères franciscains récollets, les élèves du grand séminaire et les bénéficiers de la métropole en *cappa magna* violette

un grand nombre d'objets d'art ayant-appartenu aux églises et établissements religieux, tels que tableaux, ornements, statues, etc. Parmi ces objets furent compris la dalmatique du Bienheureux Pierre, son chapeau de cardinal et ses sandales, que l'on conservait dans le couvent des célestins : ils se trouvaient dans le lieu ci-dessus désigné à l'ouverture des églises. M. Richard, curé de Saint-Pierre dans Avignon, obtint du préposé à la garde desdits objets la remise de la dalmatique, du chapeau et des sandales du Bienheureux Pierre de Luxembourg. M. Richard avait vu ces objets dans l'église des PP. célestins avant la révolution ; il les reconnaissait parfaitement, et bien d'autres personnes les reconnaissaient aussi.... Chaque année, depuis lors, à la fête du Bienheureux, ces reliques sont exposées dans l'église de Saint-Pierre à la vénération des fidèles. (*Extrait des procès-verbaux de l'invention des reliques, etc.*) Mgr de Prilly, maintenant évêque de Châlons, étant supérieur du petit seminaire d'Avignon, plaça cet établissement sous le patronage et le vocable du Bienheureux. M. Richard lui céda, en 1825, les sandales du Bienheureux, et on les garde encore précieusement au petit séminaire. M. Justamond, successeur de Mgr de Prilly comme supérieur de cet établissement, obtint de Rome, en 1829, pour le petit séminaire, concession de l'office dudit Bienheureux, sous le rite double et du commun des confesseurs non pontifes.

suivaient ces reliques. Derrière eux marchaient les sapeurs et les tambours du 75e avec la musique de la ville ; puis venaient les marguilliers de toutes les paroisses et les Pères capucins missionnaires.

Enfin apparaissait, sous un baldaquin magnifique, tout resplendissant d'or et d'étoffes précieuses, la châsse qui renfermait le corps de notre Bienheureux et celui de S. Bénézet. Aux quatre angles du brancard se détachaient les quatre statues des saints patrons des paroisses de la ville : S. Agricol, S. Pierre apôtre, S. Didier, évêque de Langres et martyr, et S. Symphorien. Le baldaquin, recouvert de damas rouge en dedans et en dehors, était surmonté de panaches blancs et portait à ses quatre coins des oriflammes aux armes de l'hôpital Saint-Bénézet, de la famille de Luxembourg, de Mgr l'Archevêque et de la ville ; la châsse était déposée dans l'ancien cercueil, à forme pyramidale, du Bienheureux Pierre, sur lequel de jolies peintures, représentant des traits de la vie du jeune cardinal, alternaient avec des guirlandes de fleurs dorées habilement sculptées sur le bois. Le baldaquin était porté tour à tour par les ecclésiastiques du grand séminaire, les membres des trois confréries de pénitents, et les hommes des diverses paroisses ; six chanoines, en *cappa magna* rouge et rochet brodé, soutenaient les cordons du baldaquin ; un détachement de grenadiers du 75e formait tout autour l'escorte d'honneur, et quatre lévites en surplis faisaient fumer l'encens et les parfums devant la châsse. Mgr l'Archevêque, revêtu de ses ornements pontificaux, fermait la procession, assisté de son chapitre et de ses vicaires-généraux. Toutes les autorités de la ville, civiles, administratives, judiciaires et militaires, avaient pris part à cette fête, et marchaient, entourées d'une double haie de sapeurs-pompiers et de soldats de la garnison, derrière Sa Grandeur.

A deux heures, le cortége sacré arriva sur la place du palais des Papes : là, le P. Laurent, provincial des capucins, debout au pied du calvaire qui domine toute la ville de ce côté, adressa à son immense auditoire quelques paroles chaleureuses sur l'objet de cette auguste cérémonie. Les cris mille fois répétés de : *Vive S. Bénézet! Vive le bienheureux Pierre de Luxembourg! Vive la religion!* répondirent à son éloquente improvisation.

Après la bénédiction pontificale donnée par Mgr l'Archevêque, la procession reprit sa marche triomphale et arriva, vers cinq heures, à la place des Corps-Saints (1). Cette place était magnifi-

(1) L'ancien couvent des célestins d'Avignon s'ouvrait sur

quement pavoisée, et l'enthousiasme du peuple si religieux qui l'habite était à son comble. Aussi ce ne fut qu'après bien des efforts à travers une foule immense que la châsse put parvenir au reposoir qui avait été dressé à l'extrémité de la place, et devant lequel Monseigneur chanta l'antienne et l'oraison des deux saints. Il était six heures lorsque la procession arriva à l'église Saint-Didier, terme de son itinéraire. Cette église resplendissait de lumières et de flambeaux ; des milliers de lustres et de candélabres allaient d'une extrémité de la nef à l'autre ; de riches tentures en damas rouge couvraient les murailles, les pilastres et les tribunes, et donnaient à ce beau vaisseau une nouvelle et gracieuse forme. La bénédiction du très-saint Sacrement y fut donnée par Monseigneur, et clôtura cette solennité que la population avignonaise tout entière avait accueillie avec un élan admirable d'enthousiasme et de foi.

Mais l'église de Saint-Didier n'est pas la seule à posséder des reliques de notre Bienheureux : une de ses jambes est restée au grand séminaire d'Avignon ; ses sandales sont au petit séminaire ; sa dalmatique et son chapeau rouge avec son cor-

une place que l'on appela place des *Corps-Saints*, parce que le corps de notre Bienheureux et celui de S. Bénézet reposaient dans l'Église de ce monastère: le Bienheureux Pierre est le patron spécial de cette place et du quartier qui l'avoisine.

don se trouvent à l'église paroissiale de Saint-Pierre ; l'église paroissiale de Villeneuve lès-Avignon, les dames du Sacré-Cœur d'Avignon, les religieuses hospitalières de Saint-Joseph, les dames Carmélites, le collége des Pères jésuites et le noviciat des Frères des écoles chrétiennes conservent plusieurs portions de ses os.

Sur la demande de M. Anthoine, curé-doyen de Ligny, Mgr l'Archevêque a consenti à céder à cette ville un os péroné, une dent mollaire et diverses autres parcelles des ossements de son Bienheureux enfant. Autrefois l'église de Ligny possédait la moitié d'un manteau du saint cardinal, qui était enfermée dans un reliquaire en argent : on n'a pu sauver du vandalisme révolutionnaire qu'une petite parcelle de ce manteau, le reste a disparu en 1790. En 1824, Mgr Maurel de Mons, archevêque d'Avignon, fit présent à l'église de Ligny de la phalange d'un doigt du Bienheureux ; et, en 1839, Mgr de Prilly, évêque de Châlons, enrichit la même église d'un gland qui avait été au cordon de son chapeau cardinalice. Ces reliques sont enfermées dans une belle châsse et restent exposées sur l'autel qui lui est dédié. Le jour de sa fête, qui se célèbre le dimanche après le 5 juillet, le clergé paroissial, avant la messe solennelle, va les chercher pour les exposer dans le sanctuaire. Pendant cette procession qui fait le tour de l'église, on chante une hymne composée par un ancien élève du petit séminaire d'Avignon. Le soir, après l'office des vêpres, on fait une seconde procession pour reporter les reliques à l'autel du Bienheureux (1). Cette fête se fait à Ligny avec toute la pompe et la solennité que peut déployer une église qui ne possède plus aucun bien et qui n'a d'autres revenus que les offrandes des fidèles.

Nous ne saurions mieux terminer ces pages, consacrées à la gloire de Pierre de Luxembourg, qu'en empruntant au P. Alby, que nous avons cité déjà tant de fois, les pieuses réflexions par lesquelles il termine son ouvrage ; nous nous les approprions et nous en faisons comme le bouquet de tout ce qu'on vient de lire.

« Il nous doit certainement rester, après avoir bien considéré les incomparables vertus de ce Bienheureux.... une sainte jalousie de posséder la riche couronne de gloire qu'il a acquise dans le ciel ; nous aidant en cela de l'exemplaire de sa vie toute excellente, pour fortifier les faiblesses de notre dévotion et l'enflammer à l'ecquit de ces

(1) Il y avait autrefois à Ligny, placées sous le patronage du Bienheureux, une association de dames charitables pour le soulagement des malades, et une confrérie de vignerons qui sont très nombreux dans le pays.

belles vertus, qui font dans la vie toutes les merveilles et après la mort dans la gloire la plus riche des couronnes.

» Il était jeune d'ans, riche de biens, comblé d'honneurs, accompli de perfections, et avantagé libéralement de tous les présens de la nature et de la fortune; pouvant, s'il eût voulu, jouir en liberté et sans peine de ce que les autres recherchent avec tant d'avidité et de travail. Mais son ambition sainte aspirant à de plus nobles grandeurs, lui fit mépriser ces vains amusements du monde pour se consigner entre les bras de sa chère dévotion, d'où il espérait le solide contentement de son âme et le vrai bonheur. Ce qui est grandement à la confusion de tous ceux qui, autant vides d'honneurs qu'éloignés de la piété, font rempart et défense de leur jeunesse pour couvrir leurs vices, ou trouvent impossible de servir Dieu parmi les délices et les grandeurs du siècle; comme si c'étaient des tyrans insurmontables de la vertu.

» Mais la belle vie de notre Bienheureux fera toujours connaître qu'il n'y a point d'âge qui ne soit propre à la dévotion, ni grandeur qui puisse empêcher l'exercice de la vertu; et qu'en toute condition Dieu peut faire des saints, s'il trouve des volontés disposées comme il faut et prêtes à correspondre à ses divines inspirations. »

NOTICE

SUR LES ŒUVRES DU BIENHEUREUX PIERRE DE LUXEMBOURG.

PENDANT son séjour à Avignon, au milieu de la solitude où le retenaient son amour pour la retraite et les souffrances de son corps, le Bienheureux Pierre de Luxembourg écrivit quelques opuscules de piété. Tous ne sont point parvenus jusqu'à nous; trois seulement sont connus. Le premier et le plus remarquable de tous est sa *Diète du salut*. Nous en donnons ici un compte-rendu que nous empruntons aux Bollandistes,

« Il y avait à Paris, disent les savants hagiographes, un imprimeur, appelé Michel le Noir, qui, de 1486 à 1520, année de sa mort, édita un grand nombre d'ouvrages. Il sortit de ses presses, entre autres livres, un opuscule ascétique écrit en français et portant pour titre: *Livre de monsieur Sainct Pierre de Luxembourg, qu'il adressa à une de ses sœurs pour la détourner de l'état séculier, avec ce titre:* LA DIÈTE DU SALUT. Une autre édition porte ce titre : *Ici commence le livre intitulé* LA DIÈTE DU SALUT, *et composé par Monseigneur Pierre de Luxembourg, pour exhorter une de ses sœur au mépris du monde et des choses du siècle, afin de parvenir plus aisé-*

ment au royaume des cieux avec tous les saints..... On peut lire ce traité spirituel à la suite de la vie du Bienheureux, écrite par le P. Alby... Celle de ses sœurs à laquelle il est adressé est Jeanne de Luxembourg, qui lui était si chère. Le P. Alby nous dit formellement qu'avant de mourir, le Bienheureux *la recommanda à André, son frère, le priant de faire tant qu'elle reçût le petit traité du voyage spirituel qu'il avait dressé et écrit de sa main en sa faveur...* Au reste, cet écrit ne pouvait s'adresser par la nature de son sujet qu'à sa sœur Jeanne. Les dépositions contenues au procès de béatification nous disent assez combien Pierre aimait à s'entretenir avec elle des choses de la piété, du mépris du monde, du soin de la virginité. Dans ce traité il l'appelle le plus souvent *très-chère sœur;* quelquefois il lui donne le nom de *fille très-chère.....*

» Dans sa préface, le Bienheureux auteur parle des jugements de Dieu, si redoutables pour l'âme, et de l'état horrible des damnés. Dans le chapitre premier, il excite l'âme à une sincère contrition de ses péchés et lui propose un *voyage spirituel* de trois jours et de trois lieues par jour. La première lieue du premier jour mène le pécheur à déplorer ses fautes, la seconde à reprendre ce qu'il a perdu, et la troisième à trouver la paix avec Dieu et la tranquillité d'âme que produit la contrition parfaite.

» Le second chapitre ou second jour dirige l'âme vers la confession sacramentelle; il y confirme le sceau du sacrement par un exemple admirable, et parle de la miséricorde de Dieu, de la fuite de l'hypocrisie, de la crainte de l'infamie; il oppose à la crainte l'espérance de la vie éternelle, et les châtiments éternels à la pénitence imposée par le confesseur dans le sacrement; il termine ce chapitre en excitant le pécheur à espérer son pardon de la miséricorde divine.

» Au troisième jour du voyage, il expose la satisfaction: rendre à chacun ce qu'on lui doit, réparer ses scandales, s'exciter à l'amour de Dieu et chercher à gagner son prochain pour le ciel; telles sont les conditions de la satisfaction qu'il traite dans une partie de ce chapitre. Il passe ensuite aux remèdes contre les rechutes, et il indique la méditation de la Passion de N. S. Jésus-Christ, la contemplation du crucifix, la confession hebdomadaire, le jeûne modéré, la frugalité dans la nourriture, la lecture spirituelle, la charité envers les pauvres, la garde des sens et l'examen de conscience. Puis sont développés certains points propres à porter à l'oraison, comme diverses considérations tirées de l'état de l'homme mourant, de l'exemple de N. S. Jésus-Christ souffrant, de la grandeur de la gloire céleste, du souvenir de nos fins dernières, et de la vanité du monde. Il indique plus loin l'exercice des diverses vertus; il fait voir comment il faut invoquer et imiter les saints; il dévoile les ruses du monde, du démon et de la chair, qui entretiennent dans le cœur de l'homme des espérances fausses et vaines; il montre enfin le bien qui résulte pour les justes des tentations auxquelles ils sont sujets et auxquelles ils résistent.

» La conclusion de tout l'ouvrage est une

pressante exhortation à la pratique des vertus chrétiennes (1). »

Les deux autres ouvrages étaient conservés, avant la révolution française, dans la bibliothèque des célestins de Paris ; ils ont été perdus au milieu des désastres de cette lamentable époque. Nous ne connaissons que leurs titres : 1° *Le livre de Clergie,* imprimé à Paris. sans date et en caractères gothiques, et 2° *le très-dévot traicté, ou épistre très utile à la personne vivant au monde, soi voulant garder des périls qui sont au monde soit en mariage, soit hors mariage.*

La bibliothèque de la ville d'Avignon conserve le livre d'heures du Bienheureux, écrit par un moine, et enrichi de belles vignettes et de magnifiques culs-de-lampes. Nous y avons trouvé une foule de prières que nous n'avons rencontrées nulle part et que nous croyons être de la composition du Bienheureux : les bornes resserrées de notre ouvrage ne nous ont pas permis d'en reproduire quelques unes.

D'après André du Chesne, dans son *Histoire des cardinaux français,* le sieur de Chavigny avait dans sa bibliothèque un manuscrit du XIVe siècle, intitulé : *les Épistres de Monseigneur Sainct Pierre de Luxembourg.*

(1) *Acta Sanctorum Bollandi.* Edition de Venise, 1er vol., mois de juillet.

NOTICE

SUR LA

VÉNÉRABLE JEANNE DE LUXEMBOURG,

SOEUR DU CARDINAL.

PIERRE DE LUXEMBOURG fut si uni pendant sa vie avec cette sainte fille, que l'on ne saurait faire l'éloge du frère sans consacrer quelques lignes à la louange de la pieuse mémoire et des éminentes vertus de la sœur.

Jeanne de Luxembourg, la seconde des filles du comte Guy, naquit, en 1363, au château de Ligny. Elle donna de bonne heure, comme son bienheureux frère, des marques éclatantes de sa future sainteté.

« On ne vit jamais de plus belles inclinations dans une jeune fille : la piété semblait chez elle avoir prévenu l'âge de raison. Elle fit vœu de chasteté à dix ans.... Son assiduité à la prière, sa modestie à l'église, sa tendre dévotion à la Sainte Vierge, sa singulière charité envers les pauvres, la firent admirer de tout le monde. A peine eut-elle atteint l'âge nubile, qu'elle fut recherchée, pour sa rare beauté et sa haute vertu, par la plupart des princes d'Allemagne.

Mais autant qu'il se présenta de partis qui recherchèrent son alliance, autant souffrit-elle de nouveaux martyres. Elle témoignait assez par sa froideur et par sa modestie qu'elle avait de l'indifférence et même de l'aversion pour tous les hommes auxquels elle pouvait plaire et qui voulaient la ravir à l'Époux céleste auquel elle s'était déjà consacrée (1). »

Nous avons vu, dans le courant de cet ouvrage, quelle affection notre Bienheureux avait pour cette sœur dont les goûts étaient si conformes aux siens : il lui conseilla de quitter le monde ; et Jeanne aurait embrassé la vie religieuse, si des raisons de famille ne l'en eussent empêchée. Elle se retira du monde cependant autant qu'elle le put, vivant au milieu du siècle comme si elle eût été au fond d'un cloître, sans cesse occupée des pratiques de la piété ou des œuvres de la charité chrétienne. Elle reçut le voile du tiers ordre de Saint-François et ajouta beaucoup de pénitences et de mortifications à celles que la règle prescrit. A la mort du saint cardinal, elle alla passer quelque temps au monastère de Moncel près du pont Saint-Maixent ; puis elle vint demeurer à Avignon, dans le voisinage du tombeau de son cher frère. Depuis cette époque, « elle ne fit plus que languir sur la terre, soupirant sans cesse vers la céleste patrie où le Bienheureux Pierre avait le bonheur de la précéder. *Mon Dieu*, disait-elle souvent, *puisqu'il vous a plu d'effacer de*

(1) *Vie du Bienheureux*, écrite par l'abbé Letourneux, sur les manuscrits de Bauduit.

mon cœur l'amour du siècle et les idées des créatures de mon esprit, et que depuis peu vous avez achevé l'ouvrage en rompant le seul lien qui arrêtait mon affection ici bas, daignez, s'il vous plaît, retirer mon âme de la dure captivité sous laquelle elle gémit (1). »

Dieu cependant tarda longtemps à exaucer ess vœux; et elle vécut encore plusieurs années, à Avignon, dans la solitude et la prière.

« Enfin, ayant connu que sa fin était proche, on ne peut dire avec quelle ferveur elle s'y prépara; elle demanda qu'on lui administrât les derniers sacrements de l'église; et elle les reçut avec une piété qui en inspira à toute l'assemblée. On s'aperçut qu'elle tomba dans un doux ravissement; ce fut durant ce temps que la Sainte Vierge lui apparut et la combla de ses consolations qui rendirent sa mort si douce. La joie extraordinaire qui paraissait sur son visage montrait assez celle dont son cœur était plein. Enfin, le 13 de novembre de l'an 1404, elle rendit son âme à son Créateur. Son corps fut enterré auprès de celui de son cher frère, comme elle l'avait souhaité, afin que la sépulture ne séparât pas deux personnes qui avaient eu une union si intime pendant leur vie, en la charité de Jésus-Christ (2). »

(1) *Vie du Bienheureux*, par l'abbé Letourneux.

(2) *Ibidem.*

PIÈCES JUSTIFICATIVES.

NOTE A.

Généalogie de la Maison de Luxembourg-Ligny.

Extrait de l'*Histoire généalogique des Maisons de Bar, de Luxembourg, etc.*, par A. DU CHESNE, et de celle de *la Maison royale de France*, par le P. ANSELME.

LE cadre resserré dans les bornes duquel nous devons renfermer notre récit ne nous permet point de nous étendre longuement sur l'illustration et la gloire de la maison de Luxembourg ; le champ est trop vaste d'ailleurs et nos forces ne pourraient suffire à une pareille tâche. Nous allons nous contenter de montrer comment la branche des Luxembourg, établie à Ligny, se rattachait à cette noble race dont Sigefroy Ier était le chef.

SIGEFROY Ier, qui descendait, avons-nous dit en commençant ce livre, de la maison des comtes des Ardennes, épousa, vers 974, Hadewich de Lorraine. Un de ses fils, FRÉDÉRIC, hérita de son titre de comte de Luxembourg. GISLEBERT, le troisième des enfants de Frédéric, unit au titre de comte de Luxembourg celui de comte de Salmes en Ardennes que lui avait aussi laissé son père.

Son fils aîné, CONRAD Ier, comte de Luxembourg, eut quatre fils qui ne laissèrent aucune postérité. Sa fille aînée, ERMENSON, hérita du comte de Luxembourg; veuve sans enfants d'Albert, comte de Desbourg, elle épousa, en secondes nôces, vers 1101, Godefroy, comte de Namur, descendant de Charlemagne par sa bisaïeule Ermengarde de Lorraine. De ce mariage Ermenson eut entre autres fils HENRI qui, à son titre de comte de Luxembourg, joignit celui de comte de Namur. Il eut pour toute postérité ERMENSON, comtesse de Luxembourg et de La Roche, qui épousa en premières noces Thibaut, comte de Bar-le-Duc, et, en secondes, Waléran II, duc de Limbourg et marquis d'Arlon. De ce second mariage naquit HENRI Ier dit LE GRAND, comte de Luxembourg et de La Roche et marquis d'Arlon. Ce prince épousa, en 1231, Marguerite de Bar, dont il eut plusieurs fils et qui lui apporta en dot la riche seigneurie de Ligny en Barrois. Le second de ces fils, Waléran Ier de Luxembourg, devint seigneur de Ligny, et fut le chef de la branche des Luxembourg qui se fixa dans cette ville; il était aussi suzerain de Roussy dont le titre passa à ses descendants. Il périt, avec trois de ses frères, à la bataille de Woring, en 1288; Henri de Luxembourg, son fils aîné, issu de son mariage avec Jeanne de Beaurevoir, mourut sans postérité avant l'année 1304; son second fils, Waléran II, devint par là seigneur de Ligny et de Roussy; par son mariage avec Guiotte de Lille, en 1316, il acquit la chatellenie de cette ville et en fit passer le titre dans sa famille. JEAN DE LUXEMBOURG, son fils unique, fut par conséquent seigneur de Ligny et de Roussy, châtelain de Lille, marquis de Beaurevoir, etc. il épousa, le 10 juillet 1330, Alix de Flandre, demoiselle de Richebourg.

Il eut pour fils Guy, dont nous allons parler; Waléran et Henri, dont on ne sait que les noms et sur le compte desquels l'histoire garde le silence; Jean, qui devint évêque de Strasbourg et ensuite monta sur le siége archiépiscopal de Mayence. Ses filles furent Marie, qui épousa Henri V, sire de Joinville; Philippe, qui épousa Raoul, seigneur de Rayneval et grand pannetier de France; Catherine, qui épousa Daniel de Hallwin, seigneur de Bosbeck, et Jeanne de Luxembourg, qui épousa, en 1350, Guy IV de Châtillon, comte de Saint-Pol en Artois: elle mourut en 1392, et c'est elle qui, n'ayant point d'enfant et ayant perdu son époux, prit soin des premières années de notre Bienheureux.

Guy de Luxembourg, premier fils de Jean, hérita de ses titres de châtelain de Lille, seigneur de Roussy et de Richebourg, marquis de Beaurevoir: il fut créé comte de Ligny, par lettres patentes du roi de France, Charles V, en date du mois de septembre 1367. En 1350, il épousa Mahaut de Châtillon, demoiselle de Saint-Pol, sœur de Guy IV de Châtillon, qui épousa, le même jour, Jeanne de Luxembourg, comme nous venons de le dire. Guy de Châtillon étant mort sans enfants, Guy de Luxembourg, du chef de Mahaut, son épouse, hérita du comté de Saint-Pol.

Guy eut pour fils: 1° Waléran, qui fut comte de Ligny et châtelain de Lille, et plus tard grand connétable de France: il épousa Mathilde de

Courtenai, sœur utérine du roi d'Angleterre, Richard II, et devint chef de la branche des Luxembourg-Ligny ;

2° Jean, qui prit les titres de comte de Saint-Pol et de seigneur de Beaurevoir, et fut le chef de la nouvelle maison de Saint-Pol. Son fils fut ce terrible Jean de Luxembourg que tous les historiens accusent d'avoir livré, de propos délibéré, pour 10,000 livres, Jeanne d'Arc aux Anglais. M. de Barante, dans son Histoire de Bourgogne, excuse, sur ce fait, la mémoire de Jean, en prouvant qu'il fut poussé, pressé, sollicité de toutes les manières et sous tous les prétextes, par les docteurs de Sorbonne et l'évêque Cauchon;

3° Le cardinal Pierre, notre Bienheureux ;

4° André, qui fut chanoine de Cambrai, puis évêque de cette ville, et mourut en 1396.

Il eut aussi trois filles, Marguerite, dont la vie est très peu connue, et qui épousa Jean d'Enghien, comte de Liche, la vénérable Jeanne et Marie qui épousa un sire de Joinville.

Froissart parle d'un autre fils de Guy que l'on aurait appelé Robert ; mais nous n'en trouvons aucune mention.

Les armes des Luxembourg-Ligny étaient d'*argent au lion de gueules, la queue nouée, fourchée et passée en sautoir, armé, compassé et couronné d'or*.

Les diverses alliances de cette branche lui valurent plus tard de nouveaux titres et de nouvelles seigneuries, comme le comté de Brienne, le duché de Piney, les seigneuries de Fiennes et de la Chapelle, le vicomté des Martigues en Provence, etc.

Marie de Coucy, fille du grand Enguerrand, fut mariée au comte Henri de Bar, et Jeanne de Bar, qui naquit de cette union, épousa Louis de Luxembourg-Ligny, comte de Saint-Pol, et fut l'aïeule d'Henri IV, roi de France et de Navarre.

Cette illustre race n'est point encore éteinte: le chef de cette auguste maison, Mgr Charles-Emmanuel-Sigismond, duc de Luxembourg, habite le château de Châtillon-sur-Loing (Loiret).

On nous saura gré de compléter ici le récit des titres de gloire des Luxembourg, en faisant l'énumération des grandes familles avec lesquelles ils eurent des alliances: *Alsace, Arlon, Avesnes, Autriche, Bacon, Bavière, Beauvoir, Bar, Blankenheim, Bohême, Bologne, Bourbon, Brabant, Carinthie, Castel, Châtillon, Clèves, Condé, Coucy, Dasbourg, Dreux, Enghien, Fauquemont, Flandres, France, Grandpré, Gueldres, Guzman, Hainaut, Hollande, Hongrie, Hodstadt, Joinville, Isemberg, Lille, Limbourg, Longwy, Lorraine, Lunembourg, Lamarck, Mont, Namur, Orange, Poilvache, Raineval, Ravensberg, Rethel, Reux, Rosay, Zeringen.*

Quant à Mahaut de Châtillon, mère du Bienheureux, il suffit de dire qu'elle était d'une branche de la maison si illustre et si ancienne des ducs de Bourgogne, établie à Chatillon-sur-Marne, et qu'elle était proche parente de l'empereur d'Allemagne.

Avant d'être écrit et prononcé comme il l'est aujourd'hui, le nom de famille du Bienheureux a subi diverses modifications; les anciens historiens l'ont écrit : *Lucelemburg, Lucelenburck, Lutzzeliburck, Lutzelburg, Luzilineburg, Lusieburg, Lucelburg, Lucebourg, Lucembourg* et *Luxembourg*.

NOTE B.

La ville de Ligny et sa tour.

Ligny en Barrois, que l'on appelait primitivement *Ligny-sur-Ornain*, à cause de la petite rivière de ce nom qui la baigne, est une jolie ville du département de la Meuse; elle dépendait du duché du Bar; et l'on a vu, dans la note précédente, comment, en 1231, elle devint l'apanage d'une des branches de la maison de Luxembourg. Elle était sous la juridiction spirituelle de l'évêque de Toul: depuis 1823 elle dépend de l'évêché de Verdun. Nous nous sommes adressé à M. l'abbé Comus, prêtre trésorier de l'église de Ligny, et nous lui avons demandé quelques renseignements sur cette ville. Ce digne ecclésiastique, qui, par ses bienveillantes et précieuses communications, nous a puissamment aidé dans la composition de notre ouvrage, nous a répondu par la lettre suivante que nous citons textuellement :

« J'ai fait beaucoup de recherches sur Ligny; je les continue, et pour cela j'ai tenu et vu tout ce qui reste des anciennes archives en dépôt à l'hôtel-de-ville. Mais la tourmente révolutionnaire a été telle ici qu'il ne reste presque rien provenant de nos églises et monastères. Il est vrai que des masses d'archives ont été brûlées sur la place publique, et que d'autres ont été envoyées au chef-lieu du district. De là la perte irréparable qu'a faite notre ville......

» Cependant je puis vous répondre sur la question que vous me faites touchant le château de notre Bienheureux compatriote à Ligny.

» Le château, ou autrement le palais seigneurial des princes de Luxembourg, à Ligny, n'existe plus depuis cent ans passés. Cet antique manoir, qui faisait l'ornement de notre ville et qui avait abrité une si longue génération d'hommes illustres et bienfaisants, a été détruit de fond en comble par un fatal arrêt, en date du 24 juin 1746, émanant du roi de Pologne, Stanislas Leczinski, devenu duc de Lorraine.

» .....Mais s'il ne reste pas le moindre vestige du palais où le saint enfant de Ligny a vécu, le lieu extraordinaire où il a vu le jour et où fut placé son premier berceau a échappé au marteau destructeur, et a été ainsi conservé à notre vénération. La vaste habitation des princes de Luxembourg, située dans l'enceinte dite du *Château*, ou autrement dans la portion de Ligny appelée autrefois le *Château*, était adossée à des tours du XIIe siècle, qui défendaient la porte orientale de la cité.

» Ce fut dans l'un de ces sortes de bastions du moyen âge, au troisième étage, en une chambre sombre et humide qui n'avait pour tapis que des dalles froides, pour plafond qu'une lourde voûte, pour fermeture qu'une porte brute, pour jour que deux étroites verrières à petit plomb, et pour mobilier que le grabat du sergent d'armes, gardien de ce lieu, que Mahaut de Châtillon, suzeraine de deux comtés, compagne d'un prince de la maison impériale, fut prise des douleurs de l'enfantement, le 20 juillet 1369, et mit au monde un fils, son sixième enfant, qui, présenté le lendemain aux fonts baptismaux dans l'insigne collégiale Notre-Dame, son église paroissiale, reçut le nom de Pierre.

» Et, par un fait inexplicable, ce local, qui a vu naître l'immortel enfant de Ligny, et qui a toujours été en vénération depuis lors, est encore debout ; il est le seul débris des fortifications du château.

» Cette tour, appelée la *Tour de Luxembourg*, parce que le Bienheureux cardinal y a pris naissance, attire à Ligny de nombreux amateurs d'archéologie qui viennent admirer ce monument du moyen âge ; si beau par la grâce et l'élégance de son port, par ses heureuses proportions, par la hardiesse avec laquelle il présente au ciel sa couronne crénelée.

» Si toutes les sœurs et collatérales de cette tour qui flanquaient et défendaient comme elle les murailles et les six portes de la cité, et qui ont successivement disparu dans le dix-huitième siècle, étaient bâties sur le modèle de ce beau et rare reste des temps féodaux, Ligny portait à juste titre le surnom qui lui avait été donné de *la Ville aux belles Tours*.

» Celle-ci fut construite en 1191 ; ce qu'attestent les millésimes gravés sur les clefs des voûtes de ses étages supérieurs. Elle était une de celles qui défendaient la porte orientale de la portion de Ligny, dénommée le *Château*; et quoique le terrain ait été exhaussé à la suite des temps, elle se présente encore avec une hauteur de 22 mètres depuis le sol jusqu'au sommet de son machicoulis, sur un diamètre moyen de 7 mètres.

» Ce colossal cylindre, coiffé de son chapiteau supporté par des corbeaux saillants, est ceint à mi-corps par un cordon qui semble étreindre sa taille, et qui sert de démarcation entre sa partie inférieure légèrement talutée, et ses étages supérieurs qui semblent un corsage svelte et dégagé. Ce cordon, qui sert de ceinture à l'édifice, le divise en deux parties tout à fait différentes : le dessous servait jadis à la défense, car, dans ses deux étages, il n'existe que des meurtrières ou des ouvertures à créneaux, tandis que le dessus, également à deux étages, était habitable, il est effectivement éclairé par des croisées.

» Dans l'intérieur, un escalier en vis conduit du fond de basse-fosse à la cime, et lorsqu'on est arrivé au troisième étage ou au premier habitable, on se trouve, par un petit couloir, dans une pièce carrée, voûtée en arc-de-cloître, éclairée par deux croisées dont les embrasures sont cotoyées de bancs de pierre, et sur la voûte de laquelle on lit le millésime 1191 ; et cette chambre, dans laquelle il y a eu autrefois une cheminée, est celle qui porte depuis le quinzième siècle le nom de *Chambre de Saint-Pierre de Luxembourg*. (Celle au-dessus, dite *Chambre Madame*, est ainsi dénommée depuis que la vertueuse et bienfaisante Marguerite de Savoie, femme du comte Antoine de Luxembourg, deuxième du nom, y a été retenue prisonnière, après le sac de Ligny, en 1544, par l'empereur Charles-Quint.)

» Depuis longues années, ces deux chambres servent à y renfermer des malfaiteurs, des vagabonds, des condamnés; et si Ligny est encore en possession de ce curieux monument, c'est peut-être grâce à sa destination de dépôt pour les prisonniers en voyage et de prison cantonale. »

NOTE C.

Notre-Dame de Ligny.

Il y avait à Ligny deux églises paroissiales; l'une était en même temps collégiale et servait de paroisse au château.

Nous donnons encore dans cette note un extrait d'une lettre que M. l'abbé Comus nous a écrite au sujet de cette église, le 21 avril 1853.

« Vous m'avez témoigné le désir d'avoir une description de notre ancienne collégiale, et j'éprouve toujours la peine de ne rencontrer personne qui puisse m'aider. Ce que je sais en général c'est que cette basilique n'était pas admirable en beauté: elle ne pouvait l'être, tant elle était antique. Dans nos pays le style gallo-romain ou gothique primitif était lourd. Les édifices religieux étaient peu élevés et sombres. C'était une masse de pierres que cet édifice comme, sans doute, l'église qui nous reste.

» Ce que je sais de certain c'est que notre collégiale était desservie par douze chanoines, qui étaient à la nomination des comtes de Ligny; qu'ils avaient droit de nommer à la cure de Ligny, depuis 1216, qu'un archidiacre de Ligny leur avait abandonné ses droits moyennant une redevance annuelle et perpétuelle; et qu'ils choisissaient parmi eux un chef appelé doyen.

» Le doyen jouissait de deux prébendes, les chanoines n'en possédaient qu'une qui leur produisait environ 2,000 livres de revenu.

» Plus, six chapelains dont l'un devait savoir toucher de l'orgue. Un autre était sacristain.

» Un chantre et trois enfants de chœur étaient également fondés.

» Dans ce lieu vénérable, c'est-à-dire dans cette église dédiée à la Sainte Vierge en son Assomption, il y avait six chapelles fondées, 1° de Sainte Catherine, 2° de Sainte Madelaine, 3° de Saint Pierre le vieux, 4° de Saint Jacques et de Notre-Dame des Vertus, unies, 5° de Saint Michel, 6° de Saint Pierre de Luxembourg.

» Là était en grande vénération une petite image de la Sainte Vierge, attribuée au pinceau de *Il santo Luca*, peinte sur toile, qui attirait, comme elle attire encore dans notre église, un grand concours de pèlerins. Ligny est en possession de cette miraculeuse image, depuis 1469, par le don qu'en fit Antoine de la Salle, natif de Provence (qu'il avait eue à Crepi, en Sicile, lors d'une guerre, en 1435), lorsqu'il entra au service du comte de Ligny (après cette guerre).

» Cette image est vénérée sous le titre de Notre-Dame des Vertus, et nous célébrons annuellement une fête très-solennelle dans le mois de mai, le cinquième ou le sixième dimanche d'après Pâques. Cette année la fête de Ligny, qu'on nomme aussi la fête du pays, sera célébrée le premier mai: elle commence dès le vendredi qui précède, à 2 heures de relevée.

» Ce qui se passe ici est en petit ce qui a eu lieu à Trèves lors de la dernière exposition de la Sainte Robe de Notre Seigneur. Rien n'est plus touchant que cette solennité. Le dimanche, après vêpres, il y a procession de la sainte Relique dans les rues de la ville.

» En 1790, lorsqu'il a été décidé que la collégiale serait démolie, l'image de Notre-Dame des Vertus a été transportée dans l'église paroissiale. Pendant la révolution elle a été soustraite aux iconoclastes de l'époque, puis après remise dans son nouveau sanctuaire.

» Pour ce qui est de notre église paroissiale sous l'invocation de la Sainte Vierge en sa Nativité, où depuis plusieurs siècles saint Pierre de Luxembourg est honoré d'un culte public, cette église appartenait primitivement à l'un des grands dignitaires de la cathédrale de Toul, l'archidiacre de Ligny. L'un de ces archidiacres a cédé, comme je l'ai dit, son droit de curé primitif au chapitre, mais lui et ses successeurs ont conservé le titre qui a pris fin avec l'évêché de Toul, en 1790, ou mieux en 1801, lors du concordat.

» Je suis parvenu à établir une liste de nos archidiacres depuis l'année 1197.

» Les chanoines, devenus curés primitifs de cette église, ont pris la coutume de nommer l'un des leurs vicaires ou curés.

» Voilà, Monsieur, quelques faits relatifs à nos deux églises principales, parce qu'elles étaient paroissiales. »

M. Comus a eu l'obligeance de nous écrire une autre lettre où nous lisons ce qui suit :

« L'insigne église collégiale de Ligny datait de

l'établissement du château, dont l'origine se perd dans la nuit des temps, et formait une partie de l'aile sud du palais seigneurial. D'abord elle n'avait été qu'une chapelle domestique consacrée, suivant le rapport de l'historien Picard, par saint Gérard, évêque de Toul; peu après elle devint une collégiale paroissiale du château, desservie par douze chanoines, et, en 1197, Agnès de Champagne, fille de Thiebault, comte de Champagne, dame de Ligny, la fonda de nouveau (.....*Ecclesiam conventualem de novo instituissemus*.... dit la seule et plus ancienne charte parvenue jusqu'à nous). Cette basilique à l'aspect vénérable, jouissant du droit d'exemption, regardée comme l'une des premières collégiales érigées dans le diocèse de Toul, et à cette cause appelée la fille aînée de la cathédrale, a été entièrement détruite en 1791, et les anciens racontent avoir entendu dire dans leur jeune âge qu'elle a été la première église abattue en France à cette époque.

» Elle était la nécropole de la maison de Luxembourg-Ligny, et renfermait de remarquables tombeaux qui ont disparu avec l'édifice. Les cendres des princes et princesses furent alors tirées de leur caveau et de leurs cercueils en plomb, remises pêle-mêle dans une grande caisse en bois, et transférées au cimetière attenant à l'église paroissiale Notre-Dame, le cimetière du château devant être abandonné et vendu, comme il l'a été en effet. Ce qu'on raconte de cette translation et le procès-verbal de la cérémonie prouvent que tout a été fait avec ordre, éclat et piété. C'est qu'à Ligny, la mémoire des bienfaisants princes de

Luxembourg était, comme elle l'est toujours, en grande vénération.

» On admirait aussi, dans cette antique église, vis-à-vis l'autel de Pierre de Luxembourg, une grande et superbe statue en bronze représentant le Bienheureux cardinal, à genoux, appuyé sur un prie-Dieu. Cet objet d'art a été enlevé, fondu, dit-on, et transformé en canon pour protéger la frontière; de même, les cercueils en plomb étaient destinés à faire des balles qui devaient servir contre les ennemis du pays.

» Lors du rétablissement du culte catholique, en 1801, de toutes les églises qui décoraient la ville de Ligny, il n'en restait plus qu'une seule, l'église paroissiale Notre-Dame, celle qui réunit aujourd'hui les deux anciennes paroisses, et dans laquelle Pierre de Luxembourg est venu bien souvent s'agenouiller. Mais lorsque cet édifice du XIIe siècle fut rendu et ouvert aux religieux habitants de la cité, il la trouvèrent mutilée et complètement dévastée (il ne restait que la belle chaire qu'on ne se lasse pas d'admirer).

» On n'a eu, dans ces premiers temps difficiles, tant il y avait de ruines à combler, qu'une statue, découverte dans d'autres ruines, pour rappeler les anciens autels dédiés à saint Pierre de Luxembourg; ce n'a été qu'en 1818 que les pieux fidèles ont vu avec joie réédifier un autel en l'honneur de leur saint si vénéré.

» Le 5 juillet 1839, on a recherché dans le cimetière et on a découvert les restes des anciens seigneurs comtes de Ligny (enlevés, comme il vient d'être dit, de l'église des chanoines lors de la tourmente révolutionnaire), que l'on a déposés en grande pompe, et en présence d'un concours immense, au pied de l'autel du patron de leur maison. Par cette translation expiatoire, cette chapelle est devenue tout à la fois celle du saint et celle des princes. On remarque, en ce lieu, depuis cette cérémonie, à gauche, sous la fenêtre, le monument funéraire en marbre blanc et noir érigé, en 1840, par les descendants des ducs de Luxembourg-Ligny. Les inscriptions rappellent les noms d'un certain nombre de princes et princesses inhumés à Ligny. »

NOTE D.

Miracle des roses.

Quelques uns des vieux biographes de notre Bienheureux racontent ce miracle, et il est peu de personnes dans notre pays qui n'en sache jusqu'aux moindres circonstances. Cependant bon nombre d'historiens se taisent sur ce point; les dépositions contenues au procès de béatification n'en font aucune mention; et les Bollandistes, dans une longue discussion savamment raisonnée, qu'il serait superflu de citer ici et que l'on trouvera dans leur *premier volume de juillet*, *page 487, édition de Venise*, les Bollandistes, dis-je, en montrent, d'une manière péremptoire, l'invraisemblance et le peu d'authenticité.

Voici comment le P. Alby, que nous avons eu occasion de citer tant de fois déjà, rend compte de ce prodige :

« Notre Bienheureux, dit-il, avoit sucé la compassion des pauvres avec le lait de sa mère. Ses plus tendres délices étoient de distribuer le pain aux mendiants qui assiégeoient les portes du château ; ses innocents et saints artifices de picoter sur les reliefs de la table, en la cuisine, en la dépense, et partout où il pensoit attraper quelque chose pour leur apporter ; jusques-là, que, ne pouvant souffrir de les voir en attente, il tiroit de la marmite qui étoit sur le feu la chair qui y cuisoit pour le dîner de ceux de la maison. M. le comte prit un jour garde à ce déchet, et une autre fois, trouvant à dire à sa table d'une perdrix et de quelques restes de la hure d'un sanglier, il apprit, des officiers auxquels il en faisoit plainte, que c'étoient des effets de la charité de Monsieur son fils envers les pauvres, et qu'il avoit répondu, comme on lui représentoit qu'il leur seroit demandé compte de ce qu'il prenoit, que son père le savoit bien. Ces propos étonnèrent Monsieur le comte et lui firent dire par admiration : *Voici un aumônier d'étrange façon, qui ôte le morceau de la bouche de son père pour le donner aux pauvres*. Ensuite il commanda qu'on prît, une autre fois, garde à lui et qu'on l'en avertît, parce qu'il désiroit de le surprendre en semblable fait.

» Peu de jours après, notre jeune aumônier ne manqua point à son accoutumée de faire ses revues à la porte, et y ayant aperçu bonne troupe de ses pensionnaires, il s'achemina à la cuisine à pas dérobés, en bonne dévotion d'enlever tout ce qui seroit exposé à sa main et de bonne prise. Il chercha et fureta partout, et enfin n'ayant trouvé rien mieux, il tira, avec une fourchette, la meilleure pièce de chair qui étoit dans le pot, et l'emporta ainsi, sans autre céremonie, dans le pan de sa robe, qui étoit de toile d'argent pourfilée d'or.

» Monsieur le comte en étant averti, accourut, et l'abordant à la porte, lui demanda, d'un accent et d'un visage un peu sévères, qu'étoit ce qu'il portoit dans le replis de sa robe. Le saint enfant se trouvant surpris, cherchoit quelque défaite, tout coloré d'une innocente pudeur qui lui tendit le visage; mais enfin se rassurant un peu, il fit cette réponse que Dieu, sans doute, lui inspira: *Qu'il portait des roses.* — « *C'est bien dit,* repart son père, *et vous êtes donc un petit menteur? Et vous dites en outre que je le sais bien? Et vous en comptez ainsi à mes gens?* » — *Oui, dà! Monsieur,* répliqua le saint enfant tout modestement, jetant une douce et innocente œillade devers le ciel, *j'ai dit que mon père le savoit bien, l'entendant d'un père que j'ai autre que vous, qui est notre Père qui est aux Cieux, duquel le nom soit béni.* »

» Ces paroles frappèrent Monsieur le comte au cœur, qui, curieux de voir ce que son fils serroit dans son sein, déployant le pan de sa robe, trouva un prodige admirable, la chair changée en belles roses, quoique ce fût en temps d'hiver, et la robe nullement souillée d'humidité ni tâchée de graisse. Il tint à peu qu'il ne demeurât pâmé d'étonnement à la vue d'une si inopinée merveille. Il prit les roses et les baisa, et, se séparant d'avec son fils sans parler, les porta dans son cabinet pour en faire trésor; mais peu après elles ne se trouvèrent plus. Dès lors il ne fit nul doute que Dieu ne voulût se servir de cet enfant pour en faire un grand saint et le planter un jour comme un beau soleil dans le ciel de son église. »

Un autre membre de la compagnie de Jésus, le P. Pierre-Juste Sautel, qui avait professé au collége de son ordre à Avignon pendant plusieurs années, a aussi célébré en vers latins ce prodige attribué à notre Bienheureux. Dans la première partie de l'*Annus sacer poeticus* (Cologne, chez Metternich 1741), au 9 du mois d'avril, on lit ce qui suit :

S. Petrus Luxemburgensis cardinalis, puer adhuc novennis, dum carnes pauperibus defert, patre occurente, subito in rosas vertuntur :

I.

Ora fame, tremuloque gelu pallentia præfert,
Turbaque gratuitas poscit egena dapes.
Petre, vides ; tactusque pio pia corda dolore
Subripis insonti carnea frusta manu.
Obvius est Genitor, *quid fers* interque roganti
Respondes teneras te, Patre, ferre rosas.
Dicentis vox vera fuit ; nam concava vestis
Exhibuit subitæ florea serta rosæ.
Tempestiva tibi fructus quos afferet æstas,
Bruma repentinas si parit ipsa rosas ?

II.

Vix tibi transierat ternæ trieteridos ætas,
Tu tamen ingenii sensa virilis habes,
Inque inopes pietas longe est pro tempore major,
Quam tamen innocua calliditate premis.
Forte aderat Genitor, dum condis amabile furtum,
Quod tu pauperibus, munus edule, paras.
Ferre rosas deprensus ais : Petre, vera fateris,
Namque geris geminas pulcher in ore rosas.

Le même P. Sautel a encore chanté, dans le même livre, l'humilité du Bienheureux Pierre et les miracles nombreux qui s'opéraient à son tombeau.

On voit, dans l'église paroissiale de Saint Didier, à Avignon, en dessus de la porte de la sacristie, un tableau de moyenne grandeur peint sur toile et qui nous semble du XVIIe siècle; deux scènes différentes y sont représentées à la fois : dans le haut, c'est une cuisine au milieu de laquelle est une table chargée de mets et de plats; le jeune Pierre y saisit une portion de viande; dans le bas est représentée l'entrée du château de Ligny; une famille de mendiants implore la charité du Bienheureux enfant qui fait voir à son père les roses qu'il porte dans le pli de sa robe. Ce tableau tout entier nous paraît avoir été inspiré par la lecture du récit du P. Alby que nous venons de donner.

NOTE E.

Maison où demeurait le Bienheureux à Avignon.

La tradition désigne trois maisons de la ville d'Avignon comme ayant servi d'habitation au Bienheureux; l'une est l'hôtel de Ribas, possédée aujourd'hui par MM. d'Archimbault, rue trois-Faucons, entre la place Saint-Didier et celle des Corps Saints. Cette maison, qui faisait partie du vaste palais du cardinal *di Pietra Mala* ou Pétramale, a été rebâtie au milieu du dernier siècle. A l'époque du séjour du Bienheureux à Avignon, le quartier dans lequel elle est située était assez désert, et il ne serait pas étonnant que notre saint, dans son amour pour la solitude et la retraite, l'eût choisi de préférence à tout autre pour y vivre tranquille et loin du bruit.

L'autre maison est sise rue Collége de la Croix, derrière l'ancien hôtel des ducs de Crillon ; elle est occupée aujourd'hui par un serrurier.

La troisième est celle de M. Luxembourg Bonnet, à l'angle formé par la réunion de la rue Argentière avec la rue Bancasse; il paraît qu'elle n'a servi au Bienheureux que quelque temps avant son départ pour Villeneuve lès-Avignon; et cela nous explique comment le convoi funèbre put s'arrêter, en allant au cimetière Saint-Michel, dans l'église Saint-Antoine, qui se trouvait sur son passage.

NOTE F.

André Beaufils, dans sa *Vita del gloriosissimo beato Pietro di Lucemburgo, protettore della citta d'Avignone,* et André du Chesne, dans son *Histoire des cardinaux français,* donnent une longue prière latine, composée en forme d'hymne par notre Bienheureux. Il y a près de 90 strophes à cette prière; ce sont des litanies en l'honneur de tous les Saints auxquels Pierre de Luxembourg était particulièrement dévot.

NOTE G.

Villeneuve les-Avignon et sa Chartreuse.

(Extrait d'un ouvrage publié par l'auteur en 1856.)

VILLENEUVE-LÈS-AVIGNON *(Villa nova secus Avenionem)* est une colonie avignonaise. Le pic, appelé d'abord Andaon, et plus tard Saint-André, avait servi de refuge à une sainte princesse de Saragosse, la vierge Cazarie, qui avait fui le monde et ses honneurs. Les miracles qui s'opérèrent, en 587, dans la grotte où Cazarie était morte, émerveillèrent les habitants du voisinage ; des familles entières quittèrent Avignon pour s'établir auprès du tombeau de la Bienheureuse thaumaturge, et des religieux de Saint-Benoît y bâtirent une abbaye, qui prit le nom de Saint-André.

Le bourg devint en peu de temps considérable ; l'abbaye acquit une grande importance. Les guerres des Avignonais avec leurs voisins, les assauts qu'eut à soutenir leur cité, firent souvent d'Andaon le camp et le quartier général d'armées nombreuses. Les moines de l'abbaye de Saint-André, les évêques d'Avignon, les comtes de Toulouse furent successivement les maîtres du bourg d'Andaon ; le 11 juillet 1292, il fut cédé à la France par Bertrand de Laudun, abbé de Saint-André. Philippe le Bel l'érigea en ville avec des franchises et des priviléges.

Mais c'est de l'arrivée des papes aux bords du Rhône que date son agrandissement : les cardinaux, qui avaient à regret abandonné leurs *villas* de la campagne de Rome, ravis de la beauté du site, firent bâtir, autour de la colline d'Andaon, de gracieuses maisons de plaisance ; bientôt même ce ne fut plus qu'une grande *villa,* une villa nouvelle *(villa nova).*

Villeneuve, tel fut dès lors son nom, prospéra. Elle fit partie, jusqu'en 1793, de la province de Languedoc et du diocèse d'Avignon ; elle est aujourd'hui chef-lieu de canton du département du Gard, et dépend, depuis 1821, de l'évêché de Nîmes.

Elle avait autrefois une église collégiale dite de Notre-Dame, une église paroissiale dite de Saint-Pons, trois confréries de pénitents, un hôpital, une chartreuse, une abbaye de bénédictins, un prieuré du même ordre, un couvent de récollets, une communauté de religieuses du tiers ordre de Saint-François qui occupaient l'ancien monastère des olivétains; mais la Chartreuse était ce qu'il y avait de plus remarquable à Villeneuve; elle avait été fondée, le 2 juin 1356, par le pape Innocent VI, sous le titre de *Vallée de Bénédiction.* Le successeur de ce pontife, Clément VI, et les principaux membres du sacré-collége se plurent à multiplier, pour cette maison sainte, les effets de leur généreuse munificence.

Ce monastère ne démentit point son titre de *Vallée de Bénédiction :* pendant plusieurs siècles, ses religieux, par leur régularité et leur austérité, servirent de modèles aux nombreux couvents du voisinage, et les bienfaits qu'ils répandaient autour d'eux faisaient bénir leur nom et leur charité.

On ne saurait énumérer combien de pauvres recevaient, chaque jour, matin et soir, leur nourriture à la Chartreuse.

Les nombreuses dépendances du couvent étaient une ressource pour le paysan malheureux et pour l'ouvrier sans travail. Les semailles, la moisson, les vendanges, la coupe des bois, la tonte des troupeaux, occupaient un nombre considérable d'artisans.

En 1633, la Chartreuse de Villeneuve envoya une colonie à Marseille pour jeter les fondements d'une nouvelle maison de l'ordre. J. B. Berger, prieur de Villeneuve, fit bâtir, aux portes de la cité phocéenne, du côté de l'est, la belle église de *la Madeleine* que l'on admire encore aujourd'hui.

Malgré les redevances qu'ils avaient à payer aux bénédictins de Saint-André, à leurs confrères de Bonpas et de Valbonne, les chartreux de la *Vallée de Bénédiction* purent dessécher le vaste étang de Pujault et rendre à l'agriculture des terrains immenses.

Le monastère est maintenant habité par une multitude de familles qui, au moment de la dévastation des couvents, s'emparèrent, sans autre formalité, des cellules des religieux et s'y établirent ; de façon que chaque salle, chaque partie du bâtiment est une maison particulière, et la Chartreuse une nouvelle ville dont les corridors voûtés et les ruines des cloîtres forment les rues.

La grande église, dont on a eu soin de démolir une partie du sanctuaire, est un hangar *omnibus;* le chœur des frères, encore orné de sa séparation, sert de remise ; deux autres chapelles sont devenues des écuries.

Le réfectoire a été dépouillé de sa toiture ; c'est une cour où chacun vient déposer les immondices de son logement. La chapelle attenante au réfectoire, qu'avait ornée le pinceau de Spinello Aretino, et où reposait, sous son mausolée gothique, le pape Innocent VI, renferme aujourd'hui du foin, de la paille, des fagots, et les belles fresques qui décorent ses murs sont recouvertes d'une ignoble poussière. Les chapelles sont gothiques ; la grande église est construite aussi dans ce style. Deux cloîtres sont bâtis en style renaissance ; un troisième cloître, qui touche à l'église, est gothique comme elle. Le lavoir couvert n'est nullement endommagé. Les cloches, l'horloge, le mur d'enceinte, les habitations des étrangers n'ont pas été détruits.

Ce qu'on vient de lire sur Villeneuve les-Avignon est extrait d'un opuscule que nous avons eu occasion de publier en 1850 sous ce titre : *Valbonne, Aiguebelle, Sénanques, etc.*

La maison qu'occupait notre Bienheureux à Villeneuve lès-Avignon est maintenant divisée en trois parties ; la famille Balmier, qui est propriétaire d'une de ces parties, conserve religieusement la chambre dans laquelle mourut le jeune cardinal ; cette maison est située presque en face de l'hôtel-de-ville, du côté de la rue.

NOTE K.

Les Célestins de Paris portaient aux malades le manteau du Bienheureux.

(*Extrait de la Vie écrite par Letourneux, sur les manuscrits de Bauduit.*)

L'ÉGLISE des célestins de Paris voit tous les jours des malades qui viennent adresser leurs prières au Bienheureux et demander à toucher son manteau qui est de couleur rose sèche, tel que les cardinaux en portent le troisième dimanche de l'Avent et le quatrième de Carême.... Les malades qui ne peuvent aller à l'église des PP. célestins les font prier de leur apporter cette relique; et on le fait en cette manière : le religieux qui doit la porter fait, avant de partir, quelque prière devant Dieu...; il prend ensuite la cassette où est le manteau, et, accompagné d'un autre religieux, il la porte avec décence chez le malade.... Étant entré dans la chambre du malade, il dit, selon le précepte de Jésus-Christ : *Pax huic domui*, que la paix soit en cette maison. Et après avoir mis la cassette sur une table, il s'approche du malade, et, s'il le voit en état de l'entendre, il lui dit ce que Dieu lui inspire.... Il prend ensuite l'étole, étend le manteau du Saint sur le malade, et récite quelques prières.

Les prières étant achevées, il fait baiser le manteau au malade, y fait toucher une partie des linges qui doivent lui servir, et le présente aussi à baiser à ceux des assistants qui le souhaitent. »

NOTE L.

Le premier autel en l'honneur du Bienheureux élevé à Annecy (Savoie.)

M. l'abbé Comus, que nous nommons toujours avec la plus vive reconnaissance, nous a transmis, à ce sujet, les pièces suivantes, extraites d'un inventaire de la Lorraine, dressé, en 1697 et 1698, par un sieur du Fourny, et déposé aux Archives Impériales :

Lettres en latin passées par devant Raymond Roucimond, notaire apostolique et impérial, présent témoin au lieu de Anessy, le 8e jour de mai 1392, par lesquelles l'illustre princesse Mme Marguerite de Joinville, comtesse de Genève et de Vaudemont, fonde une chapelle en l'église du Saint-Sépulcre du Bourg de Anessy, au comté de Genève, en l'honneur de saint Pierre de Luxembourg, son cousin germain, à laquelle elle donne 800 florins d'or pour acheter rente et acquisitions pour ladite chapelle, et y faire le service journellement par les chapelains qu'elle y établira aux conditions y spécifiées, avec une quittance des ornements et joyaux qu'elle a donnés. (*Invent. de Lorraine, folio* 333, *tome* VI).

1410. Quittance, en latin, passée par devant Jean Pot de Ruppes, clerc notaire impérial, présent témoin, le 28e jour de janvier 1410, donnée par frère Pierre Grasse, prieur du prieuré du Saint-Sépulcre de Anessy, diocèse de Genève, Rodolff du Bataillon, recteur, Jean de la Blanche-Eau, serviteur de la chapelle, et Jean Eschaques ; à Mme Marguerite de Joinville, comtesse de Vaudemont, de la somme de 800 florins qu'ils ont reçue par les mains de noble Demange Maubert de Joinville, pour la fondation d'une chapelle en ladite église (énoncée plus haut). Scellée du sceau dudit prieur, en cire vermeille. (*Idem, folio* 340.)

Marguerite de Joinville, comtesse de Genève et de Vaudemont, qui a fondé cet autel en 1392, dans l'église du Saint-Sépulcre du Bourg d'Annecy, au comté de Genève, était fille de Henri V, comte de Vaudemont (Lorraine). et sire de Joinville (Champagne), et de Marie de Luxembourg, fille de Guy, comte de Ligny, et sœur du bienheureux cardinal Pierre de Luxembourg.

Cette Marguerite épousa 1° Jean de Bourgogne; 2° Pierre de Genève; 3° Ferry de Lorraine, fils puiné du duc Jean 1er et frère de Charles II. De ce dernier mariage elle eut sept enfants, quatre fils et trois filles. — Elle mourut après le 3 juin 1416. (L'acte cite cette princesse comme cousine germaine de notre Bienheureux; mais elle était sa nièce.)

FIN.

TABLE DES MATIÈRES.

FIN DE LA TABLE.

Carpentras. Impr. Devillario.

www.ingramcontent.com/pod-product-compliance
Ingram Content Group UK Ltd.
Pitfield, Milton Keynes, MK11 3LW, UK
UKHW031844260826
14628UKWH00002B/582

9 782012 866812